KB061332

식물 사전
꽃, 잎

식물, 상점

TURN 02 ▶

강신영 장편소설

차례

아보카도

"계세요?"

챙이 넓은 모자를 쓴 여자가 유희의 가게 안으로 불쑥 머리를 들이밀었다. 문 끝에 달아둔 종에서 경쾌한 소리가 울렸다. 그러자 정문을 등지고 있던 유희가 엉거주춤 일어나 문을 향해 말했다.

"네, 들어오세요."

여자는 안쪽을 슬그머니 둘러보며 조심스레 들어섰다. 유희는 장갑을 벗고 여자를 맞았다. 하얀색 구두와 하얀색 원피스, 베이지색 토트백. 온통 초록으로 가득한 가게에 흰색으로 차려입은 여자의 모습은 몹시 이질적이었다.

"뭐 찾는 거라도 있으세요?"

여자는 가게 안쪽을 천천히 한 번 둘러본 후 유희의 질문에 답했다.

"좀 특이한 식물을 사려고 하는데요. 키우기도 쉽

고, 신기한 식물? 제가 예전에 아스파라거스를 키워 본 적이 있는데요. 약간 그것처럼…… 독특한? 어머, 이 무늬 너무 예쁘네요."

여자는 창에 놓인 수채화고무나무 앞에 멈춰 섰다. 고무나무의 가장 위쪽에 난 넓고 큰 새잎을 만지려는 찰나 유희가 다급히 말을 건넸다.

"아, 잎은 주의해주세요. 그건 수채화고무나무예요, 다루기 좀 어려운 친구죠. 키워보셨다던 아스파라거스도 쉽지는 않은 종류인데 허브같이 쉽고 금세 자라는 식물도 제법 많아요. 몇 개 보여드릴까요?"

유희가 뒤쪽의 화분들을 가리키자 여자는 미간을 찌푸리며 고개를 저었다.

"아니에요, 됐어요. 그건 흔하잖아요. 독특한 맛이 없어요."

여자는 고무나무 잎사귀 앞에서 머뭇하던 손을 거두면서 덧붙였다.

"나 다육이 키워, 이러면 너무 흔한데 나 아스파라거스 키워, 이러면 아스파라거스도 집에서 키울 수 있는 거냐, 그런 건 농장에서만 키우는 거 아니냐며 신기해하는 사람이 많거든요. 그런 반응이 좋잖아요."

유희는 여자가 말을 마치자 심드렁한 표정으로 주머니에 찔러 넣은 장갑을 다시 꺼냈다. 그사이 여자는 매장 여기저기를 성큼성큼 돌아다니며 다른 식물들을 훑었다. 곧 구석에 있는 작은 화분 하나를 번쩍 들고 유희에게 물었다.

"얘는 종류가 뭐예요? 엄청 특이하게 생겼네."

여자가 찾은 화분은 페페로미아였다. 멀리서 보면 기름기 반질반질한 쑥개떡 여러 개를 얹어놓은 듯한 이파리의 모양이 예뻤다. 직사광선을 피하고 습도만 적정 수준을 유지해준다면, 그다지 키우기 어렵지 않은 식물이기도 했다. 독특한 잎새가 도드라져 보이라고 일부러 예쁜 토분을 골라 정성 들여 가꾼 화분이었다.

"그건 페페로미아인데요, 좀 까다로워요. 실내보다 실외에서 키워야 하고, 매일 아침저녁으로 기온을 신경 써야 하고, 습도도 일정하게 유지해줘야 하고 또……."

정식 목록에 등록해둔 건 아니지만 바로 판매해도 손색없을 정도로 꾸민 화분이어서 평소라면 적당한 가격을 안내했을 터다. 하지만 유희의 설명은 점점 부정적인 쪽으로 흘러갔다. 특별히 페페로미아에 애정이 있지는 않았다. 그러나 이 식물은 여자에게 맞지 않겠다고 판단했다. 유희는 어떻게든 페페로미아에 꽂힌 여자의 관심을 빨리 지우고 싶었다.

한참 이어지는 설명을 듣던 여자는 화분을 조심스레 제자리에 내려놓았다. 이내 손을 털고 상점을 다시 둘러본 후 별다른 말 없이 가게를 빠져나갔다.

여자는 가게 밖에 서서 잠시 안쪽을 바라봤다. 미련이 약간 남은 듯한 표정이었다. 여자의 시선을 느낀 유희는, 페페로미아를 들어 창에서 멀리 떨어진 매장 안쪽 깊숙한 곳으로 옮겼다. 페페로미아가 시야에서 완전히 사라지자 여자는 어깨를 한 번 으쓱 올리고 자리를 떠났다. 하얀 구두가 또각거리는 소리가 곧 사라졌다.

○

유희의 상점은 도산구의 오래된 주택을 개조했다. 처음 상점 자리를 보려고 도산구에 방문했을 때 유희는 세진시에 이런 곳이 있었나 새삼 놀랐다. 주변에 카페나 식당 하나 없이 아주 조용하고 한적했기 때문이다. 그렇다고 주거 공간만 밀집한 곳은 아니었다. 공터가 제법 많았고 막 폐업한 작은 공장들이나 인쇄소들이 자리를 지키고 있었다. 그 틈새에서 유희는 버려진 주택 하나를 발견했다.

그 건물은 거주용 복층 주택이었다. 부동산 중개인은 이쪽에 큰 건물이나 유동 인구가 많지 않고 상권이 발달하지 않아 사는 사람이 드물다고, 그 때문에 이 매물은 1년이 넘도록 그 상태로 방치되어 있었다고 했다. 골칫거리 매물인 만큼 임대료가 저렴하고, 별다른 관리비도 없었다. 토지와 주택의 주인은 세진시에 거주하지 않았다.

대출을 받고, 또 6년 넘게 다닌 회사 퇴직금의 절반 이상을 인테리어 비용으로 쏟아부어야 했지만 임대료가 워낙 싼 편이어서 크게 무리는 아니었다. 두 달여의 공사가 끝나고 사업자등록을 마친 후 정식으로 개업했을 때 유희의 마음은 아주 홀가분했다. 새로운 공간에서 새로운 일을 시작한다는 사실 자체에 도취해 있었다. 개업일에 맞춰 전세가 훨씬 저렴한 도산구로 이사도 했다.

큰맘 먹고 시작한 자영업이지만 물론 처음부터 잘 될 수는 없었다. 개업하고 두 달 정도 유희는 이렇다 할 수입 없이 지내야 했다. 개업 직후에는 새벽 꽃시장에서 꽃과 화분들의 가격을 흥정할 때를 제외하고 온종일 말 한마디 없이 가게에 앉아 대부분의 시간을 보냈다.

그즈음 유희의 전 직장 동료나 대학 동기들이 놀러 와서 여러 의견을 보태고 갔다. 근처 주민들을 대상으로 장사하기에는 너무 트렌디한 인테리어라는 지적도 있었고, 주변 상권이 전무한 데 비해 상품 가격을 다소 비싸게 책정했다는 말도 있었다. 지인들은 쉼표로 구분된 두 단어로 이루어진 '식물, 상점'이라는 단순한 상호보다 좀 더 눈에 확 띄고 고급스러운 이름을 권했다. 유희는 그것만큼은 더더욱 바꿀 생각이 없었다. 그 단어만으로 유희의 가게를 기억해주는 사람이 생길 거라고, 오래 지나지 않아 이 간단한 이름을 기억해주는 사람들이 분명히 생길 거라고 생각했다.

유희는 보편의 취향에 대해 고민했다. 가게 내부의 몇 가지 자잘한 집기나 가구들을 다양한 방식과 방법으로 바꿔보고 가격을 약간 내리거나 개업 이벤트를 여는 등 소소한 마케팅을 진행하기도 했다. 전국의 잘나가는 식물 가게들의 홈페이지나 SNS 계정을 들여다보면서 본받을 만한 정보가 있는지도 공부했다. 하지만 그런 정보나 고민들은 참고가 되었을 뿐 상점에 적용할 만한 건 없었다.

개업 후 얼마 지나지 않아 도산구에 변화가 생긴 건 순전한 운이었다. 부동산 중개인은커녕 도산구에서 나고 자란 사람들조차 예상하지 못했던 일이다. 도산시장역 반대편, 비교적 활발하고 높다란 빌딩이 즐비한 곳에 집중되었던 상권이 포화해 점차 영역을 확장하게 된 것이다. 사람들은 역 근처로 모여들었고, 개중에는 역에서 멀리 떨어진 한적한 곳에 터를 잡는 상인들도 있었다. 그러다 보니 자연스레 도산구 끄트머리에 있는 유희의 가게에 들르는 사람들이 조금씩 늘면서 도산구를 통틀어 딱 하나뿐인 식물 가게, 그것도 주택을 통으로 전부 사용하는 독특한 상점에 이목이 집중되었다. 새로운 공간, 새로운 장소에 혈안이 된 블로거들이 앞다투어 상점을 찾았고, 더불어 여러 SNS 채널을 운영하는 인플루언서들이 스치듯 가게에 들르면서 '식물, 상점'은 도산구의 '핫플레이스'로 자리 잡기 시작했다.

유희는 태어날 때부터 나쁘게 태어나는 건 없다고 생각했다. 토양이 좋지 않고 온도가 적합하지 않으면 식물들은 시들고 죽는다. 유희는 자신에게 맞지 않는 토양과 습도를 가까스로 버텨내는 식물들이 마음 편히 살아갈 수 있도록 환경을 바꾸어주는 게 결국 자기 일이라고 믿었다. 과한 습기로 뿌리가 썩거나 너무 오랜 시간 빛을 보지 못해 잎부터 떨어지는 식물들의 문제는 유희에게 아주 쉬운 퍼즐이라 비교적 빨리 알아차렸다. 문제가 생기면 무엇을 어떻게 해결할지를 유희는 잘 알고 있었다.

사람도 식물과 똑같다고 믿었다. 사람도 식물처럼 다듬으면 나을 수 있다고, 조금 손보면 더 옳은 방향을 향해 걸어갈 수 있다고 여겼다. 고통 속에 지내야 했던 몇몇 순간들이 떠올랐지만 적어도 본성은 완전히 악하지 않다고 생각했고, 그렇게 믿고 싶었다. 그런데 어느 날부턴가 그 믿음이 조금씩 옅어졌다. 대개는 유희를 거쳐 간 남자들 때문이었다.

되돌아보면 언제나 시작은 외부에서 일어나곤 했다. 그들은 대부분 일정한 친절함으로 유희에게 다가왔다. 어려서부터 유희는 항상 자신에게 문제가 있다고 생각했다. 그럴 때마다 머릿속으로 식물들을 떠올렸다. 창문 밖에 잠시 놓았다가 갑자기 내린 소나기에 물을 너무 많이 마셔버린 동백나무, 물 주는 시기를 잊어 한 달을 버티다가 말라버린 작은 다육 화분, 일조량이 바뀌자 이내 꽃들을 땅으로 계속 떨구던 겹작약. 자신에게 도래한 문제를 조용히 머금고 있다가 밖으로 표출하는 식물들. 깜박하고 놓친 부분이 분명히 있을 테고, 그것만 해소되면 시들던 식물들은 금세 돌아온다. 유희가 곁에 둔 모든 식물은 그렇게 몇 번의 고비를 넘기며 생존했다.

하지만 식물을 다루듯 아무리 세심하고 조심스레 주의를 기울여도, 유희의 전 남자친구들은 늘 유희를 벼랑으로 내몰았다. 유희는 자신이 복원 지점을 잃어버린 데스크톱 같았다. 최적화 서비스를 받고 바이러스를 찾아주는 백신을 돌려보아도 결국에는 제자리였다.

아마 그때쯤이었을 터다. 몇 개월간의 지지부진함

을 뒤로하고 조금씩 안정을 찾아가려는 유희의 상점에 이질적인 모습의 남자가 방문했다. 유희가 가게를 오픈하고 '식물'을 이유로 방문한 첫 번째 남자 손님이었다.

컨설팅 업체에 근무하는 호영은 그즈음 매일 책상에 앉아 머리카락을 쥐어뜯는 게 일상이었다. 한 자전거 전문 업체가 수도권 직영점을 열며 기존 업계에서 보여주지 않았던 창의적이고 획기적인 광고와 인테리어를 진행하고 싶다고 호영의 회사에 의뢰했기 때문이다. 유명한 회사였고 제안하는 금액 또한 적지 않은 수준이어서 호영은 이 건을 단독으로 처리하고자 고군분투했지만 그럴싸한 아이디어가 떠오르지 않았다.

그러다 문득 '식물'이라는 단어를 떠올렸다. 알루미늄과 카본, 온갖 화학 약품이 쓰이는 자전거와 상반되는 자연 그 자체를 보여주는 식물. 어두운 빛깔의 장비와 기계가 즐비한 매장에 아기자기한 식물이 가득 들어서면 어떨까 생각했다. 내부 회의에서 말도 안되는 발상이라는 혹평을 받았지만 호영은 굽히지 않고 아이디어를 밀어붙였고, 결국 몇 가지 시안을 제출한 뒤 업체로부터 마음에 들면 진행하겠다는 답변을 받기에 이르렀다. 문제는 업체와의 첫 미팅에서 보여줄 시안이었다. 호영은 식물에 대해 아는 게 전혀 없었다.

미팅 전날까지 호영의 PPT 화면은 텅 비어 있었다. 일주일 내내 고민해보아도 뾰족한 수가 나오지 않았다. 호영은 인터넷 지도 검색창에 식물과 관련된 단어를 이리저리 궁리하며 아이디어가 떠오르길 기다렸다. 그렇게 말도 안 되는 단어의 조합들 속에 우연히 유희의 가게가 걸렸다. "식물, 상점 식물과 관련된 모든 걸 다룹니다." 호영은 지푸라기라도 잡는 심정으로 다짜고짜 택시를 잡아타고 상점으로 향했다.

택시가 가게 앞에 도착했을 때 호영은 '식물, 상점'이 번화가의 번듯한 점포가 아니라는 사실에 조금 놀랐다. 유희는 마당에서 플라스틱 화분과 토기 화분을 정리하는 중이었다. 택시에서 내린 호영은 불안한 눈빛으로 상점을 둘러보다가 마당에 쪼그리고 앉은 유희와 눈이 마주쳤다.

"한 시간 전에 전화 주신 분 맞죠?"

당황한 표정의 호영에게 유희가 먼저 인사를 건넸다.

"아, 네. 이호영이라고 합니다."

유희는 앞마당과 이어진 가게 계단 쪽으로 호영을 안내했다. 호영은 엉거주춤하며 가게로 들어갔다. 막상 가게 안에 들어서니 다른 세상이 펼쳐진 것만 같았다. 평생 이렇게 많은 식물을 본 적이 없던 호영은 식물이 뿜어내는 기운에 매료되어 한동안 멍하니 서 있었다. 유희는 그런 호영을 차분히 관찰했다.

"이렇게 많은 화분이 줄지어 선 광경은 처음 봐요. 진짜 신기하네요."

"좀 지저분하죠, 한창 분갈이 중이라."

유희는 구석에 겹쳐 있던 의자 두 개를 가져와 호영에게 앉으라고 권했다. 호영은 의자에 앉아 가방에서 태블릿을 꺼냈다. 태블릿 화면에 에펠탑을 배경으로 찍은 셀카가 잠시 보였다 사라졌다.

"뭐 더 필요한 게 있을까요?"

"아니에요, 이 정도면 충분합니다. 제가 시간이 많지 않아서요. 뭐든 상담해주신다고 해서 찾아왔습니다. 보시고 도움을 주실 부분이 있는지 빠르게 판단해

주시면 좋겠습니다. 내일 당장 내야 하는 거라…….”

호영은 작은 수첩을 가지고 와 앉은 유희 앞에 태블릿을 밀어 보였다. 호영이 일주일 동안 갈아엎고 새로 쓰기를 반복했던 기획서의 수정본이 화면을 가로질렀다. 직장 생활을 해본 유희에게 낯선 문서는 아니었다. 다만 문제라면 특별히 내용이랄 게 없는 것이 문제였다.

다행스럽게 얼마 전 유희는 고장 난 자전거를 맡기러 도산시장 근처 자전거포에 들른 적이 있었다. 그때 보았던 이미지들을 떠올리며 기계들과 조화롭게 어울릴 만한 식물의 생김새와 특성, 관리법 등등을 세세하게 이야기했다. 호영은 유희의 말을 태블릿에 꼼꼼히 받아적었고, 두 사람의 대화는 밤까지 이어졌다. 대체로 대화는 유희가 주도했지만 어쨌든 호영은 유희로부터 원하는 아이디어를 얻을 수 있었다.

다음 날 오후 업체 미팅에 호영이 들고 간 PPT에는 호영의 글은 거의 남아 있지 않았다. 대부분이 유희의 말과 글 혹은 제안과 의견이었다. 기획안은 순조롭게 통과되었다. 기획안을 현실로 만들어줄 상점이 필요했으므로 호영은 자전거 업체에 유희의 상점을 추천했다. 그 상점을 자신이 찾았으며, 상점주와 긴밀하게 소통할 사람은 자기뿐이라고 거듭 말했다.

유희의 매장은 매주 조금씩 늘어나는 손님맞이와 호영과의 협업으로 곧 분주해졌다. 그리고 자전거 업체의 직영 매장 오픈이 다가왔을 즈음 유희와 호영은 몹시 가까워져 있었다. 유희는 일주일에 세 번은 가게 문을 닫고 자전거 업체를 찾았고, 주 담당자인 호영과 미팅을 했다. 매장에 들일 식물들의 선별과 조형 작업이 막바지에 다다를 무렵 호영은 유희의 등을 두드리며 말했다.

"이 건만 잘되면 사업을 엄청나게 확장할 수 있을 거예요. 유희 씨 인생에서 끝내주는 포트폴리오가 될 거라고요. 날 믿어봐요, 진짜라니까."

물론 '식물, 상점'의 방문객이 늘어나고 단골이 생기게 된 이유가 단지 유희가 호영의 말을 믿었기 때문은 아니었다. 사람들은 아무것도 없는 벌판 위에 우뚝 자리를 지키고 있는 듯한 유희의 가게를 좋아했다. 1년 내내 같은 모습이 아닌, 계절의 색을 정확하게 드러내는 유희의 가게는 특히 젊은 여성들에게 인기가 많았다. 매출이 조금씩 오르자 유희는 상점의 공식 인스타그램 채널을 개설했다. 따로 홍보를 맡기거나 지역 카페에 글을 올리지 않았는데도 도산구를 찾는 관광객들은 유희의 상점을 팔로우하거나 주목할 만한 게시글로 올렸고, 상점을 태그해 자신의 인스타그램 피드를 꾸미는 사람이 많아졌다.

호영은 이 모든 일이 자신의 성과라고 말했다. 애초에 상점이 주목받은 이유도 그때 자기가 한 제안 때문이 아니겠느냐며, 후미진 곳에서 시작해 이만큼 주목받는 상점을 만들어 내기란 쉽지 않은 일이라고 강조했다. 호영과 본격적으로 교제를 시작한 이후 호영의 너스레는 더욱 자주 유희의 귓가를 간질였다.

호영이 유희의 가게를 마치 자기 가게인 양 주변 사람들에게 소개할 때마다 유희는 별 대꾸 없이 그 상황을 넘겼다. 호영의 차 안에서 이력서 포트폴리오에 유희의 '식물, 상점'과 함께 적힌 '마케팅 총책임'이라는 문구를 발견했을 때도, 유희는 별다른 생각이 없었다. 이 가게는 아이덴티티가 없다며 이제라도 가게 이름을 바꿔야 한다고 일주일에 서너 번 버릇처럼 하는 말도 들어줄 만했다. 그런 것들은 고칠 수 있는 행동이고, 시간이 지나면 나아지는 일종의 버릇이라 생각했다. 무엇보다 호영은 이제 유희와 가까운 존재가 되었기에 이해하고 넘겨보려 애썼다. 유희는 호영의 과거보다 미래에 더 초점을 맞췄다.

하지만 딱 하나, 유희가 그냥 눈감아주고 넘어갈 수 없는 것이 있었다. 그건 바로 식물을 대하는 호영의 태도였다. 호영의 행동은 처음에 장난으로 시작했다가 점차 습관처럼 되풀이됐다. 누군가와 통화하며 나뭇가지를 이유 없이 뜯고, 이제 막 나기 시작한 말랑한 잎사귀들을 무의식적으로 건드렸다. 마당 중앙에 깊게 파인 구두 자국과 함께 대충 담은 콩나물볶음처럼 엉긴 채 바닥에 버려진 아이비 줄기들을 발견하게 되자 유희는 갈등했다.

바닥에 쭈그리고 앉아 죽은 식물들의 잔해를 치우며 유희는 자신도 이렇게 망가지는 식물들처럼 되기 전에 제동을 걸어야겠다고 생각했다. 이번만 잘 설명해보자. 분명 호영의 나쁜 습관들은 변화될 수 있다. 그래야만 했다.

그날 밤 유희는 호영을 가게로 불렀다. 지친 기색으로 문을 열고 들어온 호영에게 유희는 침착하게 심호흡을 하며 입을 뗐다.

“이걸 좀 봐.”

유희는 구석에 앉은 호영 앞에 그가 상처 입힌 화분과 이미 죽어버린 줄기들을 늘어놓았다. 호영은 한숨을 쉬며 미간을 구겼다.

“무슨 뜻이야?”

“주의해달라고 부탁하는 거야. 여기 이런 애들은…….”

유희가 화분 하나를 가리키며 말을 이으려 하자 호영이 손사래를 치며 일어났다.

“이런 일 때문에 부른 거야? 나 피곤해.”

“벌써 몇 개월이 지나도록 바뀌지 않는 문제라 그래. 지금까지 참았지만 나도 더 이상 안 되겠고.”

유희는 차분하게 호영의 습관들을 지적했다. 호영이 머문 자리마다 시들기 시작하는 식물들의 모습을 지켜보기 어려웠다고 말했다. 그러자 호영은 불쾌한 표정을 지었다.

“그러니까 이런 일 때문에 이 밤중에 바쁜 사람을 부른 거냐고.”

“이런 일이라는 게 나한테 얼마나 중요한지 알잖아. 별 의도 없이 하는 행동인 줄 알지만, 그래도 조심 좀 해줬으면 하는 마음에서 이야기하는 거야."

호영은 못마땅한 얼굴로 죽은 아이비 줄기를 말없이 내려다봤다. 유희는 머릿속으로 호영에게 상처가 될 말을 최대한 거르고 걸러 시뮬레이션한 후 말했다. 처음 만났을 때 호영은 이러지 않았다. 최근에 알 수 없는 행동이 잦아졌지만 그래도 반드시 고칠 수 있을 거라 생각했다. 잘 설명하면, 잘 이해시키기만 하면 되었다.

유희는 오래도록 호영의 대답을 기다렸다. 하지만 호영은 아무 말도 하지 않았다. 찌푸린 미간도 그대로였다. 적어도 앞으로 조심하겠다는 말을 듣고 싶었던 유희는 그 자리에 서서 호영의 입이 열리기만을 기다렸다. 무언가 생각하는 표정을 짓는 호영에게 유희가 나지막이 말했다.

"식물 가게를 운영하는 사람과 식물을 함부로 대하는 사람이 어떻게 관계를 지속할 수 있겠어."

관계에 관한 이야기가 나오자 호영은 돌변했다.

"그래서 지금 헤어지자는 이야기를 하려고 부른 거야? 이 밤중에?"

"헤어지자는 게 아니라……."

"그게 그 말이잖아. 내가 요즘 스트레스를 얼마나 많이 받는 줄 알아? 실적 평가도 코앞이고, 야근도 밥 먹듯이 하고. 네가 이런 고충을 알기나 해?"

호영은 유희를 정면으로 바라보며 외쳤다.

유희는 절망했다. 호영의 이런 모습은 처음 보았다. 갑자기 언성을 높이는 호영에게 공포감을 느낀 유희는 가게 밖으로 나가려고 문으로 가 손잡이를 잡았다. 그 순간 호영이 유희의 팔을 덥석 잡았다. 놀란 유희는 팔을 빼며 뒤로 물러났다.

제 화를 참지 못해 씩씩 거친 숨소리를 내는 호영의 모습을 보며 유희는 정신을 가다듬었다. 그래, 이런 건 호영에게서만 처음일 뿐 이미 익숙하다. 유희는 호영의 표정에서 겹치는 과거의 얼굴들을 머릿속에 떠올렸다.

"가서 찬물이라도 가지고 올게."

깊은숨을 들이마시고 유희는 호영의 기색을 살피며 매장 안쪽으로 걸어갔다. 몸을 숙여 냉장고 문을 여는데 호영의 목소리가 들렸다.

"이까짓 것들이 뭐라고."

생수를 향해 뻗던 유희의 손이 멈칫했다. 바삭한

낙엽이 부서지는 소리. 얇게 꼬아둔 천을 하나씩 뜯는 듯한 소리. 설마 하는 생각이 앞섰지만 좀처럼 손을 움직일 수 없었다. 손바닥에서 식은땀이 흘렀다. 유희는 숙인 몸을 천천히 세우고 고개를 돌려 호영이 선 곳을 확인했다.

호영의 검은색 구두 위로 길고 가는 이파리가 떨어졌다. 유희는 조금씩 시선을 들어 거칠게 움직이는 호영의 손을 바라봤다. 호영의 손가락 사이에서 가늘디가는 잎이 짓이겨지고 있었다. 명치 안쪽이 콱 막히는 듯한 고통이 올라왔다.

아레카야자는 계절이 바뀔 때도 상점의 문가를 굳건히 지켰던 식물이다. 갖은 고생 속에 겨우 살려낸, 유희에게는 아주 상징적인. 개업하고 얼마 지나지 않아 상점에 병충해가 크게 돌았다. 그즈음 배양토를 대량으로 주문하고 액체 비료를 구매하는 등 상점에는 모두가 새로운 것투성이였다. 그 때문에 배양토와 함께 들여온 다른 흙이 문제였다는 걸 바로 인지하지 못했다. 분갈이를 모두 마친 주말부터 뿌리파리와 깍지벌레, 진딧물과의 싸움이 시작되었다.

재빠른 대처 덕에 더 큰 피해로 번지는 걸 막았고

건강한 식물들은 하나둘 생기를 찾았다. 하지만 아레카야자만은 쉽게 원래 모습을 찾지 못했다. 특히 뿌리파리의 습격은 야자로부터 시작되었으므로 유희는 나날이 시들어가는 이 나무를 포기해야 하느냐, 그래도 살려봐야 하느냐 하는 기로에서 며칠을 고민했다.

가장 쉬운 선택은 야자나무를 버리는 것이었다. 유희는 결국 그렇게 하지 않았다. 만에 하나 있을 행운에 기댔다. 그때부터 꼬박 일주일 동안 아레카야자의 곁을 지켰다. 식물을 자주 들여다보고 만지고 하는 건 옳지 않은 줄 잘 알면서도 그렇게 쏟은 관심 중 절반의 절반이라도 먹고 살아나기를 바랐다.

독한 약 때문에 뿌리 대부분이 삭고 잎 또한 우수수 자취를 감췄지만 유희의 간절함 덕분인지 아레카야자는 지독한 질병을 견디고 살아났다. 사람으로 따지면 산소호흡기에 의존한 상태이긴 해도 안정을 찾았고, 그 뒤로 야자나무는 조금씩 잎과 줄기를 회복했다.

길게 뻗은 야자나무 잎이 호영의 손에 닿을 때마다 채찍이 벽을 스치는 듯 날카롭고 기분 나쁜 소리가 났다. 유희는 그대로 바닥에 주저앉았다. 양손이 덜덜 떨렸다. 유희는 심장이 멈출 것 같은 고통을 떨쳐내고자, 그리고 떨리는 손을 의지할 곳을 찾아 바닥을 뒤적이듯 쓸었다.

그 순간 유희의 손에 잡히는 물건이 있었다. 두꺼운 노란색 손잡이가 달린 호미였다. 여름철 잡초가 듬뿍 자랄 무렵 사용하고 겨울이 오면 다시 꺼내 쓸 심산으로 흙도 떼지 않은 채 대충 쑤셔 넣은 호미의 날카로운 날이 유희의 손가락에 닿았다.

잎이 잘게 찢기는 소리가 계속 들려왔다. 유희는 호흡을 가다듬으며 호미를 돌려 까끌한 손잡이를 꽉 쥐었다. 지금 멈추지 않으면 저 나무는 죽고 만다. 악몽까지 꿀 만큼 온 신경을 쏟아 돌본 나무의 비명이 귓가에 들리는 것만 같았다. 안 돼. 어떻게 살려낸 나무인데 절대 안 돼. 야자나무의 가장 여린 잎이 바닥으로 떨어지던 순간 유희는 호미를 쥐고 숨을 멈춘 채 호영을 향해 내달렸다.

노란색의 호미는 목표한 지점에 정확히 꽂혔다. 나뭇가지와 잎사귀가 찢기는 소리는 더 이상 들리지 않았다. 유희는 아레카야자에 어떻게든 기생해 살아남으려 했던 그 짜증 나고 지긋지긋한 깍지벌레를, 벌레가 지나간 자리마다 묻어나는 끈적하고 기분 나쁜 진액을 닦아내고 독한 약에도 아랑곳하지 않고 붙어 있던 마지막 진딧물을 손으로 떼어 눌러 짓이긴 때를 떠올렸다. 벌써 몇 개월이 지났지만 그 촉감이 손가락에 고스란히 남아 있는 듯해 자신도 모르게 손을 두어 번 털었다.

비로소 조용해진 호영을 보며 유희는 삼켰던 숨을 후 하고 여러 번 뱉어냈다. 완전히 회복한 야자나무를 다시 세심하게 돌봐야겠다는 생각이 들었다. 달려 있던 자리에서 떨어져 나온 이파리의 무덤 위에만 안타까운 마음이 올라붙을 뿐이었다.

○

서늘한 기운이 완전히 사라진 여름 초입의 어느 날이었다. 일요일 늦은 오후, 유희의 가게는 여느 때와 다름없이 많은 사람으로 북적였다.

남자는 다른 방문객들과 섞여 가게로 들어왔다. 처음 남자를 발견한 유희는 그가 앞서 들어온 여자들과 동행일 거라 생각했다. 하지만 남자와 어우러져 가게를 둘러보던 여자들은 매장 한쪽에 전시해 놓은 조그마한 식충식물을 한참 들여다보다가 곧 매장을 나갔고, 남자 뒤에 서 있던 흰옷 차림의 여자는 아스파라거스 이야기를 하며 페페로미아 화분을 만지작거리다 사라졌다. 매장에 남은 손님은 남자뿐이었다. 그제야 유희는 그가 신경 쓰이기 시작했다.

보통 때라면 자유롭게 매장을 둘러보도록 놔둘 테지만 방금 방문한 여자 때문에 유희의 신경은 곤두선 상태였다. '식물, 상점'에 남자 혼자 방문하는 경우는 거의 없었다. 지난봄의 사건이 머릿속에 떠올랐다. 유희는 손에 묻은 흙을 털고 남자에게 다가가 찾는 것이 있는지 물으려고 입을 열었다.

그때 남자의 손에 들린 작고 둥근 물체가 눈에 들어왔다. 유희가 그 둥근 물건을 자세히 들여다보려고 하자 남자는 유희에게 성큼 다가서며 말했다.

"저, 여쭤볼 게 있어서요."

남자는 작고 둥근 갈색의 물체를 들어 보였다. 그제야 유희는 아보카도씨를 알아보았다. 남자는 방금 선물 받은 초콜릿 상자라도 되는 양 그걸 소중하게 들고 있었다. 남자가 곧 말을 이었다.

“이거 혹시 키워보신 적 있으세요?”

남자가 아보카도씨를 바로 앞 간이 테이블에 살며시 내려놓았다. 유희는 반질반질한 아보카도씨를 가만히 들여다보았다. 아스파라거스가 가고 나니 아보카도가 온 건가. 혹시 그냥 던져보는 이야기가 아닐까 싶어 남자의 표정을 살폈다. 하지만 장난이라기엔 너무 진지해 보였다.

“아보카도네요.”

“아, 네. 먹고 남은 건데 생긴 게 예뻐서 키울 수 있나, 키우면 열매가 달리나 해서요. 정보를 좀 찾아봤는데 아무래도 전문가에게 조언을 구하는 게 맞다 싶고. 한국에서도 잘 자라나요?”

남자는 한참을 말하다 입을 다물었다. 한꺼번에 너무 많은 말을 해서 숨이 찬 듯했다. 유희는 매대 서랍에서 마른걸레를 꺼내 아보카도씨를 닦았다. 천으로 몇 번 닦은 아보카도씨는 좀 전보다 훨씬 반짝이며 윤기를 자랑했다. 남자가 급히 말을 붙였다.

“아, 그거, 깨끗한 거예요. 먹다 남은 거라고 해서 오해하셨을까 봐. 깨끗하게 씻은 거예요, 네.”

유희는 쩔쩔매는 남자를 보며 흘러나오는 웃음을

참지 못해 피식하고 웃었다. 남자는 여전히 머쓱한 듯 머리를 긁적였다.

"지금 당장 뭘 하기는 어렵고 저도 자료를 좀 찾아볼게요. 아보카도씨를 발아시켜본 적은 없지만 해볼 수 있을 것 같네요."

남자는 머리를 긁적이던 손을 내리고 곧 환한 미소를 지었다.

"네! 일단 씨는 여기 두고 갈게요. 제가 데려가면 불안해서요. 저는 식물을 잘 알지 못해서……. 그동안 씨가 죽거나 하진 않겠죠?"

다시 안절부절못하며 남자의 말이 시작되었다. 유희는 안심하라고 다독이며 남자와 약속을 잡았다. 휴일이라 가게 안이 북적여서 남자도 오래 머물 수 없다는 걸 깨달은 듯했다.

남자는 일주일 뒤에 다시 오기로 하고 가게를 떠났다. 시종일관 걱정스러운 말투와 표정으로 씨를 바라보던 그를 떠올리며 유희는 아보카도씨를 그늘진 곳에 살며시 놓았다.

유희는 아보카도의 발아보다 남자의 방문에 더 관심이 갔다. 실제로 꽤 많은 사람이 이런저런 이유로 유희의 가게에 제 식물을 유기하듯 맡기고 다시 찾으러 오지 않았다. 어쩌면 그 남자도 일주일 사이 이 씨를 잊을지 모른다고 생각했다. 아직 싹을 틔우지도 않은 작은 씨에 불과하지 않은가. 남자가 씨를 잊어버리고 더 이상 같은 문제로 가게를 방문하지 않는 상황은 충분히 있을 법했다.

하지만 유희의 예상과 달리 남자는 정확히 일주일 뒤인 일요일 오후에 다시 가게 문을 열고 들어왔다. 유희는 단번에 남자를 알아봤다. 남자는 유희에게 반가운 듯 손 인사를 하며 성큼 다가와 아보카도의 안위부터 물었다.

"안녕하세요, 잘 지내셨죠? 그 아보카도……."

"아, 네. 진짜로 오셨네요."

유희는 놀란 눈으로 혼잣말하듯 말했다. 남자는 고개를 갸우뚱하며 유희를 바라봤다. 유희는 아보카도씨를 담아놓은 작은 통을 열었다.

"이대로 자랄 수 있는 건 아니고, 씨앗을 발아시키려면 이 껍질을 벗겨내야 하거든요. 그러고 난 다음 씨에 상처를 내야 하는데…… 그걸 제가 함부로 하기는 좀 그래서 오실 때까지 기다렸어요."

유희가 씨의 한 부분을 손으로 가리키며 말했다. 남자는 눈을 껌벅거리며 씨를 바라봤다.

손님들 몇 명이 식물에 대해 유희에게 질문하고 화분을 구매하는 동안 남자는 구석에 앉아 기다렸다. 유희는 남자가 정말로 씨를 찾으러 올 줄 몰랐고, 남자가 자신의 예상을 벗어났다는 사실에 놀랐다. 초롱한 표정으로 설명을 듣는 남자가 신기해서 좀 더 적극적으로 식물에 관한 이야기를 늘어놓았다.

남자는 상점 문을 닫는 시간까지 구석에 앉아 유희와 이야기를 나눴다. 아보카도로 시작한 이야기는 매장 내 다른 식물로 이어졌고, 남자가 상아색 속이 드러난 아보카도씨를 들고 매장을 나설 때에야 비로소 두 사람은 이름을 교환했다. 남자의 이름은 지훈이었다. 그는 흔하지만 부르고 기억하기 쉽다고 자신을 소개했다.

씨를 소중히 들고 간 지훈은 이후로도 일주일에 한 번씩 유희의 가게를 찾았다. 명목은 씨의 안위를 묻고 정보를 얻기 위해서였지만 사실 지훈에게는 유희에 대한 관심이 더 많은 부분을 차지했다. 지훈은 주로 일요일 늦은 오후에 가게 문을 열고 들어와 시간을 보냈다. 지훈은 지금까지 유희와 겹쳤던 사람 중 유일하게 식물에 호감이 있는 사람이었다. 그 점은 유희를 여러모로 안심하게 했다.

지훈은 가게 안을 어지럽히는 법이 없었다. 늘 조용히 가게를 찾았다가 조용히 사라졌다. 이전 흔적이 아직 남아 있는 벽과 가까운 문에 유희는 일부러 청량한 소리가 나는 작은 종을 달아두었다. 주말이면 여러 사람이 드나들어 소리가 겹쳐 울리곤 했지만 유희는 지훈이 들어오는 순간의 종소리는 다르다고, 그 소리만큼은 감별할 수 있다고 점점 확신했다.

아보카도씨는 곧 지훈의 집에서 유희의 가게로 이동했다. 유희는 지훈 대신 수시로 아보카도를 관찰했다. 유희에겐 익숙한 일이라 별다른 불만은 없었다. 자신만큼 씨앗에 애착을 보이는 원래 주인인 지훈이 있기에 괜찮았다.

아보카도는 잘 자랐다. 눈에 확연히 보이진 않지만 단단한 뿌리를 내리고 싹을 틔우며 조금씩 성장했다. 씨앗 상태일 때부터 발아까지 느긋한 마음으로 식물의 생장을 바라보기는 제법 오랜만이었다. 아보카도를 보며 유희는 식물에 무한한 관심과 애정이 앞섰던 어린 시절을 떠올렸다.

아보카도와 함께 찾아온 지훈은 유희의 마음을 깊게 움직였다. 타인에게 별다른 영향을 끼치지 않고 조용하지만 굳건히 자라는 식물과 같은 성향을 지닌 사람을 만난 적이 있던가. 그렇게 마주하게 된 사람이 자신의 생활이자 취향인 '식물'에 우호적일 확률을 계산해봤다. 지금은 물론이고 앞으로도 희박한 경우가 아닐까.

아보카도씨가 물그릇을 떠나 화분에 안착하는 동안 지켜본 지훈은, 확실히 지금까지 유희를 스쳐 간 남자들과는 다른 면이 있었다. 씨앗 하나를 저리도 애지중지하는 사람. 그런 사람은 없었다. 유희는 지훈이 자신을 벼랑으로 몰고 가서 낭떠러지를 바라보게 만든 지금까지의 남자들과는 조금 다를 거라 조심스레 생각했다. 유희는 매일 저녁 침대에 기대 지훈과 메시지를 주고받으며 이번에는 다르다고 희망을 품어도 좋을지 스스로에게 물었다.

지훈이 출장으로 가게를 찾지 못했던 어느 주말 유희는 화분에서 고른 뿌리를 내리며 자라는 아보카도씨를 들여다보면서 생각에 잠겼다. 지훈으로부터 다정한 메시지가 여러 개 도착해 있었다. 유희는 마침내 자신이 더는 어딘가에서 도망치거나 빠져나오지 않아도 된다고 판단했다. 그날 유희는 오래도록 단잠을 잘 수 있었다.

여느 때와 다를 바 없는 일요일 저녁, 유희는 가게를 닫을 준비를 하고 있었다. 곧 문을 열고 들어올 지훈을 생각하며 유희는 쓰고 남은 포장지와 골라낸 잡초 따위를 버리기 위해 가게 뒷문을 나와 마당으로 향했다.

그때 어디선가 속삭이는 소리가 들려왔다. 혼잣말을 중얼거리는 듯한 낮은 목소리였다. 유희는 이 시간에 손님이 찾아왔나 싶어 들고 있던 쓰레기봉투를 잠시 내려놓고 마당 앞쪽으로 걸음을 옮겼다. 곧 낯익은 모습을 발견했다. 마당 구석에서 가게 입구를 등지고 누군가와 통화하는 지훈이었다.

핸드폰을 들고 대화에 집중하는 지훈은 유희의 기척을 느끼지 못한 모양이었다. 장난 삼아 깜짝 놀래켜 줄 심산으로 조심스럽게 접근하던 유희는, 지훈의 입에서 튀어나온 것이 확실한 익숙한 목소리에 섞이는 낯선 단어를 들었다.

쉬운 여자.

처음에는 그 말이 누구를 지칭하는지 알지 못했다. 다만 등을 돌리고 여전히 누군가와의 대화에 몰두하는 지훈의 말투는, 유희에게 보여주던 예의 그것이 아니었다. 유희는 이상한 느낌이 들어 걸음을 되돌려 뒷문을 향했다. 귀를 기울이며 대화를 좀 더 자세히 들으려 노력했지만, 지훈이 목소리를 점점 낮췄기에 내용을 제대로 들을 수 없었다. 얼마 지나지 않아 지훈이 통화를 끝냈고, 유희는 지훈이 핸드폰을 얼굴에서 떼는 걸 보자마자 두근거리는 마음을 숨긴 채 뒷문을 열고 다시 가게로 들어갔다.

유희는 다정한 웃음으로 지훈을 맞으면서도 줄곧 지훈을 걱정하고 또 관찰했다. 하지만 별다른 특이점이 보이지 않았다. 지훈이 돌아간 후, 유희는 며칠을 같은 생각에 잠겼다. 한 번도 들어본 적 없는 말투, 경멸하는 듯한 단어. 의문과 의구심이 유희를 잠식했다. 유희는 테이블에 기대어 자기도 모르게 이른 봄의 상처를 떠올렸다. 그리고 지훈과 만날 때부터 지금까지 몇 개월을 복기했다. 무언가 잘못한 게 있을까. 혹은 어긋나고 있는데 잡아내지 못한 게 있을까.

내내 지훈과의 관계를 생각하다가 문득 이제 더 이상 같은 상황의 반복은 없을 거라고 다짐했던 밤을 되살렸다. "제가 그럴 사람으로 보이나요, 유희 씨." 유희는 그 말을 믿어보기로 했다. 잘못 생각한 부분이 있다면 바로잡고 싶었다. 대화가 되지 않으면 그때 가서 생각해볼 일이다. 지훈에게 솔직한 자신의 감정을 고백해보기로 결심한 유희는, 지훈이 찾아오고 나서 달라진 자신에 대해 생각하며 일요일을 기다렸다.

평소보다 바쁜 토요일, 그날 저녁 유희는 초과 근무를 해야만 했다. 각종 기념일이 즐비한 주가 시작되기 직전의 주말은 언제나 예약자들로 붐볐다. 유희는 미등만 켜두고 일요일에 몰려 있는 픽업 방문자들을 위해 늦게까지 포장 작업을 했다. 그러면서 머릿속에는 온통 지훈 생각뿐이었다. 붉은색과 자주색, 파란색 리본에 카네이션과 장미 다발을 이리저리 매듭지어 꾸미며 유희는 내일 어떤 식으로 말을 꺼낼까 궁리했다.

일을 마치고 작업대를 정리하며 남은 쓰레기들을

봉투에 모아 담았다. 주말에는 쓰레기를 수거하지 않지만 그대로 매장에 쌓아둘 수는 없었다. 유희는 꽉 찬 쓰레기봉투들을 뒷마당에 잠시 놓아두려고 뒷문으로 조심조심 걸음을 옮겼다. 이끼들에 물을 흠뻑 주려고 가게 안 수도꼭지 하나를 열어놓은 상태였다. 졸졸 흐르는 물줄기를 요리조리 피하며 유희는 양손에 든 20리터짜리 쓰레기봉투를 뒷마당 한쪽에 세웠다.

그때 희미하게 지훈의 목소리가 들렸다. 유희는 너무 신경을 쓴 탓에 헛소리가 들리나 싶어 주변을 둘러봤다. 목소리는 마당 앞, 상점 정문 쪽에서 들려오는 듯했다. 분명 지훈의 목소리였다. 문득 그날 밤의 기억이 떠올랐다. 유희는 웅얼거리는 음성을 좀 더 정확히 들으려고 벽에 붙어 앞쪽을 빼꼼히 확인했다.

익숙한 목소리의 주인은 역시 지훈이 맞았다. 술에 약간 취했는지 격양된 말투로 누군가와 통화하고 있었다. 오늘은 토요일인데, 지나가다 들렀을까. 유희는 손목시계를 보고 날짜를 다시 확인했다.

지훈은 불빛이 없는 마당 구석에 쪼그리고 앉아 있었다. 유희는 쓰레기봉투를 쥐었던 손을 두어 번 털고, 지훈에게로 향했다. 막 그의 등에 손을 올리려는 찰나, 그 말이 또 들려왔다.

"진짜 쉬운 여자라니까. 두고 보라고."

이번엔 희미하게 흘려듣지 않았다. 유희는 허공에 멈춘 손을 재빨리 거두고, 지훈이 앉은 자리로부터 천천히 뒷걸음질 쳤다. 등 뒤에서 물이 졸졸 흐르는 소리가 들렸지만 아랑곳하지 않았다.

"잘만 이용하면 돈깨나 벌 거라니까. 그치? 맞지? 하나에 막 100만 원 이렇게 팔린다며."

껄껄 소리를 내던 지훈은 급히 가게 앞쪽을 살피다가 다시 조용히 말을 이었다.

"다루기 쉬운 여자라니까. 꼭 제가 키우는 식물들이랑 닮았어."

유희는 자리에 우뚝 섰다. 지훈의 말이 지칭하는 대상은 정확했다. 곧 지훈의 입에서 나온 더 많은 말이 유희를 공격했다. 불쾌한 단어들과 함께 유희와 유희의 가게 이름이 뒤섞였다.

마음속에서 무언가 쩌억 갈라지는 소리가 들리는 듯했다. 식물과 비슷하다는 말은 유희에겐 칭찬이나 다름없었지만 지훈의 말투는 그런 쪽과는 명확히 달랐다. 지훈을 처음 만난 순간부터 지금까지 하루하루가 파노라마처럼 펼쳐졌다.

또다시 손바닥에 식은땀이 맺혔다. 애초에 이 시간에 마당에 나온 게 잘못일까, 아니면 통화를 엿들은 게 잘못일까. 왜 하필 이 타이밍에 쓰레기를 버리러 나왔을까. 수많은 '잘못'과 '실수'가 유희의 머릿속을 헤집었다.

그러다 돌연 유희는 무언가를 깨달았다. 아니, 잘못한 사람은 내가 아니다. 얕게 남아 있던 선입견을 지우고 최선과 정성을 다해 상대를 대한 게 잘못이 될 수는 없다. 유희는 척척해진 뒷마당 한쪽에 놓아둔 날을 세운 호미와 삽에 시선을 주었다. 손가락으로 하나하나 눌러 으깨어 완전히 움직이지 않을 때까지 한참을 바라봤던 해충과 벌레들을 다시금 떠올렸다. 원인을 제거하지 않는 이상 문제는 사라지지 않는다. 유희는 조용히 걸음을 옮겨 희미한 등이 깜박거리는 가게 안으로 사라졌다.

유희는 지훈이 앉은 쪽을 바라보며 가게의 불을 환하게 밝혔다. 그러자 가게를 등지고 선 지훈이 화들짝 놀라 바라봤다. 지훈과 눈이 마주친 유희는 생긋 미소로 화답했다. 지훈은 바로 전화를 끊고 헛기침을 두어 번 하며 목소리를 가다듬더니 걸음을 옮겼다. 유희는 문을 향해 다가오는 지훈을 보며 가게 안쪽으로 걸어갔다.

딸랑 소리와 함께 지훈이 가게 안으로 들어섰다. 술기운이 역력한 지훈은 활짝 웃는 얼굴이었다. 유희는 가게 안쪽에서 그를 쳐다봤다. 언제까지 속일 셈이었을까. 내가 지금까지 본 모습은 가면에 불과했던 걸까.

간이 의자를 가지러 가는 지훈의 익숙한 걸음걸이를 유희는 그저 지켜보고 있었다. 수도꼭지는 아직 잠그지 않은 상태였다. 구두가 찰박한 바닥에 닿자 지훈은 미간을 살짝 구겼다.

지난주였다면 유희는 바닥을 조심하라고 말했을 터다. 가게 곳곳에 막 물을 준 이끼 조각들이 가득했기 때문이다. 하지만 유희는 입을 다문 채 지훈을 바라봤다. 간이 의자를 쌓아놓은 곳은 배수구 근처라 찌꺼기들이 모여 더 미끄러우니 조심하라는 말도 당연히 하지 않았다. 유희는 말없이 테이블 위의 아보카도 화분으로 시선을 돌렸다. 동그랗고 반질거리는 씨를 뚫고 올라온 싱싱한 줄기가 눈에 들어왔다. 언젠가부터 유희 혼자만 돌보게 된 아보카도 화분. 이제 적당한 거름이 필요할 시기가 온 것 같았다.

유희는 지훈이 배수구 쪽에 다다른 걸 확인한 후 가게의 형광등 스위치를 내렸다. 불쾌한 얼굴의 지훈이 배수구에 고인 이끼 더미를 밟고 뒤로 넘어졌고, 균형을 잃은 그의 머리가 잔뜩 쌓아둔 콘크리트 조각 위로 떨어졌다. 유희는 어둠 속에서 모든 걸 지켜보았다. 이어서 작은 소음이 여러 번 들려왔지만 움직이지 않은 채 그가 쓰러진 어둠을 응시했다.

바닥을 긁는 듯한 소리가 들려오지 않을 때쯤에야 유희는 천천히 걸음을 옮겼다. 잠그지 않은 호스는 계속해서 물을 토해내고 바닥 저편에서부터 몰려온 이끼와 이파리들이 엉겨 배수구에 쌓였다. 커다란 물체가 정신을 잃은 채로 배수구 앞을 가로막고 있었다. 불쾌하고 경멸적인 말들을 거침없이 내뱉던 입은 슬며시 벌어진 채 더 이상 움직이지 않았다.

졸졸 흐르는 얕은 물소리가 귓가에 들려왔다. 유희는 이끼와 나뭇잎, 흙과 자갈, 그리고 바닥에 웅크린 것을 청소하기 전에 천천히 심호흡했다. 손바닥을 뒤덮은 식은땀은 이미 사라진 지 오래였다. 쓰레기봉투를 쥐었던 손을 씻지 않아 다행이라는 생각이 들었다.

○

본격적인 여름이 시작되자 유희의 가게를 찾는 사람들은 줄어들었다. 습하고 더운 날이 계속되었지만 여름을 맞아 새로 들인 열대식물들의 적응 기간을 위해서는 에어컨 온도를 함부로 낮출 수 없었다. 유희는 더위를 참으며 이따금 마당으로 나가 물을 뿌렸다. 가게 주변을 서성이는 사람들도 현저히 줄었다. 그중 몇몇은 땀을 뻘뻘 흘리며 식물들을 구경하다가 곧 카페를 찾아 떠났다.

사람들의 발길이 뜸해지자 곧 길고양이들이 그 자리를 채웠다. 길고양이들은 저녁 동안 유희의 가게 앞 작은 마당에 모여 앉아 늘어지게 잠을 자고, 아침이면 떠났다가 한낮에 마당의 그늘진 구석을 다시 찾곤 했다. 장마가 온다는 예보를 듣고 유희는 마당 한편에 길고양이들이 비를 피할 장소를 마련했다.

열대야가 지속되던 저녁, 유희는 마당에서 자신을 바라보고 있는 길고양이들 사이에 앉아 언제나처럼 잡초를 정리했다. 고양이들은 마당 중앙에 있는 나무와 화분들을 좋아했다. 마당에 자리 잡은 화분들은 매장과는 비교도 되지 않을 정도로 왕성하게 줄기를 뻗고 큰 잎을 내며 자랐다. 가끔 장난기 가득한 길고양이들이 찾아와 화분 안쪽으로 발을 넣어 벌레나 잡초들을 꺼내곤 했다. 그럴 때면 벌레가 아닌 다른 것들도 화분 밖으로 모습을 보였다. 유희는 고양이들이 흙 안의 무언가에 대한 관심을 거둘 때쯤 곁으로 다가가 삐죽한 잔재들을 꼼꼼히 다시 정리했다. 여름을 좋아하는 활엽수들 밑에 숨겨놓은 것도 고양이들은 용케 알아차렸다. 고양이들은 멀찌감치 앉아 눈을 깜박이며 유희의 손에 든 삽과 가위들이 움직이는 소리에 귀를 쫑긋거렸다.

여름이 길고 뜨거운 만큼 식물들은 더욱 강하고 풍성한 뿌리를 내려 겨울을 날 준비를 할 것이다. 그 사이 새로운 거름을 흠뻑 흡수한 야자나무와 고무나무는 몰라볼 만큼 크고 높게 자랐다. 굵다란 회색과 고동색의 잔가지들을 사방으로 뻗으며 냉기 서린 환절기를 지냈고, 윤기가 흐르는 커다란 초록 잎사귀를 내보낼 준비를 하며 봄을 지나 여름에 다다랐다. 식물들은 단단하게 성장했다. 상점에서 마당으로 자리를 옮긴 아보카도도 마찬가지였다.

유희는 아보카도로 다가가 손을 넣어 흙 안쪽을 확인했다. 뿌리에 닿지 않게 조심스럽게 뻗은 유희의 손가락 끝에 이미 원래의 형체와 전혀 다른 성질이 되어버린 마른 조각들이 스쳤다. 한 달쯤 지났나. 유희는 핸드폰 캘린더를 열어 날짜를 확인했다. 그 정도면 이제 이것들은 거름으로 역할을 다한 셈이었다.

강풍과 국지성 호우가 예정되어 있으니 조심하라는 알림이 울렸다. 유희는 장마가 시작되면 마당을 정리해야겠다고 생각했다. 유달리 왕성한 성장을 뽐내는 나무들을 지탱하던 흙과 거름을 전부 엎고 새것으로 바꿔줄 생각이었다.

그것들은 그렇게 버려져도 괜찮은 흙이었다.

벌레잡이제비꽃

화요일 이른 아침 유희는 가게에 들어서자마자 온도와 습도를 먼저 확인했다. 고작 월요일 하루 자리를 비웠는데 실내외 온도 차가 슬슬 벌어지는 환절기가 되었다. 예민한 식물들을 좀 더 들여다보고 신경 써주지 않으면 이맘때쯤 이른 하엽을 시작하거나 느닷없이 월동 준비에 들어가기도 한다. 기나긴 장마가 끝나고 습기가 가라앉은 늦여름이지만 아침저녁으로 약간 쌀쌀한 바람의 기운이 느껴져 유희는 바짝 긴장하고 있었다. 겨울이 오려면 아직 멀었어도 마음을 놓을 수 없었다. 요즈음 기후가 너무 변화무쌍한 탓이기도 했다.

실내의 온습도를 확인한 후 유희는 매장을 한 번 둘러봤다. 휴무에는 CCTV 앱으로 이상한 움직임을 바로 확인할 수 있지만 언젠가부터 그냥 상점의 구석구석을 살피는 게 습관이 되었다. 물론 항상 그렇듯 별일은 없었다. 집에서 쉬다 알림이 울려 CCTV 앱에 접속해보면, 본 적 없는 어리고 낯선 고양이들이 이따금 가게 문을 두드리고 꼬리를 한 번 비비고 가는 정도의 해프닝이 전부였다.

풍성한 논에서 작은 조각을 떼어놓은 듯 마당에 자리한 캣그라스와 그걸 열심히 뜯고 풀잎에 몸을 비비는 고양이들은 행인의 이목을 끌기 충분했다. 의도한 건 아니지만 지난여름 이후 유희의 '식물, 상점'은 어느새 식물만 아니라 동물, 특히 고양이를 좋아하는 사람들의 명소가 되었다. 단골손님은 물론이고 처음 찾는 고객들도 종종 고양이 간식이나 사료를 소분해 유희에게 건네주었다.

마당 구석의 캣그라스에 빈틈이 없는지를 확인하는 일은 문을 열기 전 루틴의 마지막 순서였다. 가게 오픈 즈음에는 쓰레기를 놓고 가거나 버리고 가는 사람들이 더러 있었다. 마당에서 굴러다니는 테이크아웃 플라스틱 컵과 하수구 근처를 그득하게 막고 있는 담배꽁초를 쓸어 담아 버리는 일로 하루를 시작했다. 골목에 CCTV가 없기도 했지만 있다고 해도 쓰레기를 버린 사람을 잡기 위해 경찰이나 지자체에서 협조

해줄 것 같지는 않았다. 열심히 쓰레기들을 치워도 다음 날이면 어김없이 새로운 쓰레기가 생겼다.

매장의 수도관을 손보느라 늦게 퇴근하던 날 저녁 커피 캔과 담배꽁초의 주인공들을 마주쳤다. 유희보다 조금 어린, 청소년티를 갓 벗은 듯한 남자들이었다. 담배를 마당의 흙더미에 비벼 끄고 침을 두어 번 뱉는 광경을 마주한 유희는, 그 자리에 얼어붙었다가 이내 정신을 차리고 남자들을 내쫓았다. 처음 보는 누군가에게 싫은 소리를 하는 법이 거의 없는 유희가 아마 진지하게 화를 낸 순간이었을 터다. 남자들은 대수롭지 않은 양 건성으로 사과하며 자리를 떴고, 다음 날부터 그 자리에 같은 쓰레기들이 놓이는 일은 없었다. 그래도 유희는 몇 주 동안 내내 긴장을 놓지 못했다. 좀 더 세게 쏘아붙이지 못한 걸 속으로 후회했고, 같은 일이 반복되면 그때야말로 그들을 길거리에 나동그라진 쓰레기 조각처럼 만들어주리라 다짐하며 삽을 꽉 쥐었다. 스테인리스로 만든 넉가래가 마치 토템처럼 상점 앞을 지키기 시작한 것도 그즈음일 터다.

다행히 그 이후 가게 앞을 어지럽히는 사람은 없었다. 새로운 거름이 필요한 곳을 찾아 가게 바로 앞

마당 근처를 뒤집었을 때부터였을까. 세상에서 영영 치워버리고 싶은 사람들 대신 길고양이들이 마당 한 쪽을 오롯이 차지하게 되었다. 유희는 마지막으로 마당을 한 번 훑고 나서 고릉거리는 고양이들을 뒤로한 채 가게 안으로 돌아와 일정을 확인했다.

유희의 가게는 짧은 시간에 세진시만 아니라 전국적으로 제법 주목받는 가게가 되었다. 가게를 찾는 고양이들의 역할이 상당했지만 가장 궁극적인 이유는 계절마다 바뀌는 독특한 분위기의 인테리어와 유희의 세심한 식물 관련 컨설팅 덕분이었다. 유희는 가게에 들어온 식물들을 어떻게 하면 더 돋보이게 만들지 본능적으로 알았다.

상점 전용 메일 계정을 오픈한 후 유희의 빛나는 직감은 더욱 반짝이기 시작했다. 소정의 금액을 입금하고 고민되는 부분을 메일로 컨설팅받으며 문제를 해결하는 방식이었다. 이 식물은 물을 얼마 주기로 주는지, 이 꽃은 왜 시드는지, 이파리가 왜 변색이 되는지 등 사소한 질문들이 시초였지만 개인이 아닌 기업이나 다른 식물 상점들의 의뢰와 문의가 점점 늘어났다.

화요일에 가게를 열면 유희는 언제나 안쪽에 앉아 쌓인 메일들을 읽으며 오후까지 시간을 보냈다. 식당이나 잡화점이면 휴일 다음 날이 일주일 중 가장 바쁜 날이 될 수도 있겠지만 유희의 가게는 그렇지 않았다. 일주일에 하루, 반나절을 고스란히 투자해 메일에 답하는 시간은 유희에게도 중요했다. 확실하게 입금된 건만 상담을 진행하다 보니 허튼 질문이 없어 피로도가 거의 없었다. 기업이나 단체의 문의 외에는 식물의 이름과 종류, 키우는 방법 등 단순한 질문이 대부분이었다.

오늘도 첫 메일부터 직전에 발송된 마지막 메일까지 대체로 비슷한 질문으로 가득했다. 살짝 식은 커피를 한 모금 삼키고 유희는 메일에 적힌 이름과 입금자의 이름을 확인하려고 핸드폰 은행 앱을 연 채로 첫 번째 메일을 클릭했다.

—이 꽃 이름은 뭔가요? 선물 받은 건데 이름이 쓰여 있지 않고, 그렇다고 다시 이름을 물어보러 가기도 좀 그래서요. 꽃만 보고도 이름을 알 수 있나요?

목록 가장 아래에 있는 메일이 발송된 시간은 오늘 오전 5시 20분이었다. 상담료가 입금된 시간은 그보다 이른 5시 5분. 발송인과 입금인의 이름은 모두 '최현진'이었다. 이런 시간에 메일을 보낸 사람은 처음이라 유희는 짧은 메일 내용과 첨부된 사진을 흥미로운 눈으로 천천히 들여다봤다. 예쁘게 리본을 두른 노란 화분 속 식물은 피튜니아였다. 유희는 사진을 이리저리 훑으며 고개를 갸웃거렸다. 피튜니아는 개화시기에 정말 아름답지만 겨울철 관리를 제대로 해주기는 힘들어서 초보자가 다루기 어려운 식물이다. 메일을 보낸 사람은 분명 아무것도 모르는 눈치였다. 게다가 다시 이름을 물어보기가 좀 그렇다는 말이 약간 마음에 걸렸다. 누가 이런 사람에게 피튜니아를 선물했을까?

어쨌든 꽃은 확실히 잘 관리된 상태에서 개화한 듯했다. 유희는 여느 때처럼 친절하게 답장했다.

—안녕하세요, 최현진 님. '식물, 상점' 최유희입니다. 보내주신 꽃은 피튜니아로 보입니다. 드물게 이런저런 무늬를 내기도 하는 꽃으로 봄부터 가을까지 개화기에는 아주 예쁘지만 그만큼 동절기에는 까다로운 관리가 필요합니다.

점심시간이 지날 즈음 유희는 모든 메일에 답장을

마쳤다. 각별히 신경 써야 할 주문이나 상담은 없고 전부 식물의 종류나 환절기 관리법을 묻는 등 소소한 질문이었다. 유희는 노트북을 덮고 일어나 테이블에 놓인 캘린더를 열었다. 저녁 시간에 화분 픽업과 꽃다발 예약이 있었다. 화분은 이미 준비되었고 꽃다발은 시간에 맞춰 제작하면 되니 오후 내내 여유가 있었다.

미뤄둔 토분 정리를 할지 아니면 새로운 식물들을 둘러볼지 잠시 고민하다 쌓인 토분을 먼저 처리하기로 했다. 매장 구석에는 장마철에 제대로 관리하지 못하고 방치한 토분들이 자리하고 있었다. 개중에는 소생이 가능한 것도 있고 불가능해 보이는 것도 있었다. 전부 판매용으로 내놓지는 못하겠지만 이끼를 제거하면 충분히 사용할 수 있을 것이다. 다만 토분이건 일반 화분이건 때를 불리고 흙을 씻는 과정은 손이 많이 가고 시간도 많이 투자해야 하니 바쁜 게 지나가기를 기다렸을 뿐이다.

유희는 쭈그리고 앉아 상태가 아주 좋지 않은 토분부터 먼저 추렸다. 한낮의 빛을 고스란히 받아 토분들은 여기저기 더러운 면을 한껏 드러냈다. 유희는 초록색 호스를 연결하고 천천히 수도꼭지를 틀었다. 가느다란 물줄기가 졸졸졸 흐르며 먼지와 흙이 덮인 토분을 밑바닥부터 적셨다.

"아."

쌓아둔 토분에 손을 대고서야 깨달았다. 새벽에 온 피튜니아 메일에서 본 노란 화분에 대해 이야기를 해준다는 걸 깜박 잊고 말았다. 그런 화분은 좋지 않으니 몇 주 후에는 꼭 분갈이를 해주어야 한다는 말을 덧붙이려 했다.

평소라면 하지 않을 실수였다. 메일과 첨부된 사진에서 전해지는 요상한 분위기에 마음을 뺏긴 탓이다. 보낸 메일을 이미 읽었겠지만 다시 답장하는 게 낫겠지. 그런 반짝이는 도자기 재질의 화분에 숨구멍이 제대로 나 있을 리 없다. 유희는 흙 범벅이 된 손을 들고 엉거주춤하게 자리에서 일어나 싱크대 앞으로 걸어갔다.

수도꼭지를 막 돌리려는 순간, 작은 종이 울렸다. 고개를 돌린 유희의 시야에 작은 봉투를 든 여자가 들어왔다. 유희는 인사를 건네며 반사적으로 벽에 붙은 시계를 바라봤다. 손을 앞치마에 대충 문지르며 여자 쪽을 향했다.

“어서 오세요.”

유희의 목소리에 현진은 눈인사로 화답했다. 현진은 작은 봉투를 손에 든 채로 계속해서 유희와 가게 안을 번갈아 살폈다. 현진은 입속에서 많은 단어를 고르고 또 골랐다. 어떻게 말을 시작해야 좋을까. 다짜고짜 이렇게 찾아오는 사람도 혹시 있을까.

“편하게 둘러보세요. 저는 손을 좀 씻고 올게요. 화분을 씻던 참이라.”

말이 없는 현진을 뒤로하고 유희는 다시 싱크대로 발걸음을 옮겼다. 현진은 봉투를 붙잡은 손을 꽉 쥐며 생각했다. 너무 갑자기 찾아왔나? 이상한 사람이라고 생각하면 어쩌지. 손에 땀이 고였다. 하지만 어쩔 수 없었다. 오늘 내로 해결하지 못하면 또 난리가 날 테고, 대처하지 않으면 내일 또 연차를 써야 할지도 몰랐다. 집은 분명 난장판이 되어 있겠지. 최대한 빨리 돌아가야 했다.

현진은 핸드폰을 열어 가게 내부를 찍은 후 성민에게 전송하며 메시지를 보냈다.

—지금 도착했어. 조금 이따 또 연락할게.

성민의 답장이 바로 대화창에 이어 붙었다.

—이따 언제? 거기 오래 있을 거야?

성민의 계속되는 물음표와 연이어 달리는 메시지들을 보니 옅은 두통이 올라왔다. 대화창을 열어둔 채 더 뭐라 답해야 할지 몰라 망설이는 현진을 물끄러미 바라보던 유희가 다시 말을 건넸다.

"혹시 뭐 찾는 거 있으신가요?"

"아…… 그건 아니고요, 이것 좀 살릴 수 있을까요. 제가 아침에 메일을 보냈는데요……."

"메일이요?"

현진은 재차 묻는 유희에게 말없이 손에 들고 있던 봉투를 건넸다. 봉투 안에는 산산조각이 난 노란 자기 화분이 흙더미에 싸여 있었다. 유희가 봉투를 옆으로 기울이자 흙 속에 축 처진 연두색 줄기와 줄기 끝에 힘없이 매달린 보랏빛 피튜니아꽃이 보였다. 아, 이 화분. 메일 속 그 사람이 맞다.

"이게 그…… 몇 시간 전에 이렇게 되어가지고요. 어떻게 해야 할지 몰라서 그냥 깨진 채로 들고 왔거든요. 혹시 다치거나 그랬을까요? 아니, 식물도 유리조각 같은 거에 막 다치고 그러나요?"

"그런 건 아니지만 영향이 아주 없지는 않아요. 일단은 수습부터 하는 게 좋겠어요. 여기 잠시 앉아 계시겠어요?"

유희는 작은 의자를 꺼내 현진에게 건넸다. 현진은 엉거주춤한 자세로 의자에 앉으며 여전히 봉투에서 눈을 떼지 않았다.

"바닥이 미끄러우니까 의자에 잘 기대서 앉아 계세요. 애는 걱정 마시고요."

"죽…… 죽었나요?"

"네?"

"그…… 피튜…… 니아, 라고 하셨죠, 그거. 죽었을까요? 꽃…… 꽃은 살려야 하는데."

유희는 봉투에서 피튜니아를 살며시 꺼내 작업 테이블 위에 올렸다. 꽃과 잎이 처졌지만 치명적이지는 않아 보였다. 흙에 묻혀 있던 뿌리가 드러나면서 일시적으로 꽃에 무리가 간 모양이었다. 현진은 유희의 테이블에 바싹 붙어 앉아 꽃을 바라보고 있었다. 피튜니아꽃이 세상에서 가장 소중한 물건이라도 되는 듯 시종일관 안절부절못하는 표정으로 작업대 위의 식물에 시선을 고정했다.

“꽃에는 아무런 이상이 없어요. 그런데 꽤 소중한 건가 봐요. 선물 받았다고 하셨죠?”

“선물…… 네. 선물이긴 한데 그거랑 상관없이 꽃만 살리면 되거든요. 꽃만 살려 오라고 했는데…….”

그때 현진의 손에서 핸드폰이 두어 번 진동했다. 현진은 재빨리 핸드폰을 들고 피튜니아가 테이블 위에 가로누워 있는 모습을 찍어 성민에게 전송했다. 유희가 핸드폰을 비스듬하게 든 현진의 오른쪽 손목에 난 흉터를 바라보며 말했다.

“고양이 키우세요?”

“고…… 고양이요?”

화들짝 놀란 현진은 손을 급히 내리며 답했다.

“아, 아니요. 이건 화분…….”

현진이 급히 입을 닫았다. 유희는 마음에 걸렸지만 더 캐묻지 않기로 했다. 피튜니아 수습이 우선이었다.

깨진 화분 조각을 치우고 피튜니아를 제대로 세우는 일은 어렵지 않았다. 유희는 작업대 앞에 서서 배양토를 나누고 황토로 된 볼을 꺼내 화분에 채우면서도 현진이 신경 쓰였다. 현진의 핸드폰이 계속 울렸다. 조용한 가게 안에서 핸드폰 진동 소리는 극대화되어 유희의 귓가에 맴돌았다. 현진은 유희의 작업을 바라보며 연달아 사진을 찍었다. 유희에게 그 행동은 좀 부자연스럽게 느껴졌다. 보통 가게에 방문하는 사람들은 가게 자체, 혹은 가게와 자신을 좀 더 예쁘게 담기 위해 다양한 각도를 살피며 공을 들인다. 그런데 현진은 달랐다. 마치 누군가에게 보고라도 해야 하는 것처럼 사진을 찍고 보내고를 반복했다.

"새 리본을 달아드릴까요?"

화분에 묻은 흙을 털며 유희가 묻자 현진은 고개를 끄덕이며 활짝 웃었다.

"와, 좋아요. 감사합니다. 그러면 더 예뻐 보이겠죠?"

돌연 함박웃음을 짓는 현진을 바라보며 유희는 움직이던 손을 잠시 멈췄다. 끊임없이 불안하게 가게 안 어딘가를 응시하던 현진의 표정이 일순 사라졌기 때문이다. 지난주에 백장미 다발을 한 아름 안고 세상을 다 가진 듯 미소를 짓던 손님과 똑같은 표정이었다. 너덜너덜해진 리본을 새로 달아준다고 말했을 뿐인데 현진은 좀 전과는 완전히 다른 사람인 듯 초롱한 눈을 빛냈다. 바로 뒤에 자리한 커다랗고 풍성한 몬스테라가 현진을 한층 더 돋보이게 만들어주었다.

유희는 기대에 찬 표정을 짓고 있는 현진을 의식하며 상점에서 가장 비싸고 고급스러운 재질의 리본 다발을 꺼냈다.

"굳이 리본 같은 걸 두르지 않아도 충분히 예쁜 꽃이긴 해요. 다만 세심한 관리가 필요하다는 점만 유의해주시고요."

반들거리는 옥색의 실크 리본이 금세 피튜니아 화분을 감쌌다. 현진은 완전히 다른 모습이 된 피튜니아를 보며 미소 짓다가 웅웅대는 핸드폰을 확인하고는 이내 구겨진 표정으로 돌아갔다. 그리고 연신 고개를 꾸벅이던 현진이 급히 가게를 빠져나갔다.

유희는 현진의 모습이 종일 머릿속을 떠나지 않았다. 가면을 교체하듯 순식간에 바뀌는 표정. 그런 얼굴을 보여야만 했던 순간이 유희에게도 있었다. 낡은 학교의 넓은 운동장, 흙먼지를 일으키며 유희 곁을 지나쳐 가는 남자애들. 그중 한 명의 얼굴이 다시 선명하게 떠오르자 유희는 무의식적으로 도리질을 했다.

얼마 후 예기치 않은 폭우가 찾아왔다. 삽시간에 수도권을 가득 뒤덮은 비구름은 좀처럼 떠날 줄 몰랐다. 연휴를 낀 휴일이 시작되었지만 유희는 가게에 나갈 수밖에 없었다. 열대지방의 몬순을 연상케 하는 날씨가 이어져 습도에 민감한 식물들이 감당할 수 없을 게 분명했기 때문이다. 이 정도 비라면 약하게 틀어놓은 제습기도 손봐야 했다.

도산시장역에서 내린 유희는 장우산을 들고 가게를 향해 무작정 달렸다. 사방에서 물이 튀어 옷이 젖고 신발도 금세 척척해졌지만 상관없었다. 온도에 민감한 칼라테아가 가장 걱정이었다. 휴일 직전에 날이 따듯해 창가 쪽으로 자리를 옮긴 게 문제였다. 한창 잎을 고르게 펴내고 있었는데 하필 이럴 때……. 유희는 장우산을 접고 달리기에 좀 더 속도를 냈다.

폭우를 온몸으로 견디며 가게 앞에 다다라 숨을 고르는 유희를 먼저 맞이한 건 비를 피하려고 가게의 빈 공간으로 숨어든 고양이도, 창가에서 떨고 있는 칼라테아도 아니었다. 커다란 우비를 입은 사람이 가게 앞에 웅크리고 앉아 있었다. 물이 뚝뚝 떨어지는 손에는 다 젖어 찢어질 것 같은 봉투가 들려 있었다. 빗물이 연신 눈앞을 가렸지만 유희는 그 사람을 단번에 알아봤다.

현진은 산산이 조각난 피튜니아를 안고 일주일 만에 다시 '식물, 상점'을 찾았다. 현진의 절망적인 표정에 유희는 그제야 왜 그토록 현진이 마음에 걸렸는지 알았다.

○

"이번엔 진짜야. 진짜 나 죽어버릴 거야."

성민이 또다시 내지른 그 말 때문에 현진은 꼬박 사흘 동안 밤을 새우다시피 했다. 수면제를 먹고 하루만이라도 편하게 자고 싶었지만 그러다가 성민의 연락을 받지 못하면, 제때 성민의 메시지를 확인하지 못해 성민이 진짜로 죽어버리면 어쩌나 하는 불안 때문에 그러지도 못했다.

"잠을 잘 못 주무신 것 같은 얼굴이네요. 지난번에 처방해 드린 약은 드셔보셨어요? 약이 잘 안 들었나요?"

의사는 차트를 넘기며 무언가를 적었다. 현진은

의자에 앉아 바쁘게 움직이는 의사의 손을 보며 생각에 잠겼다. 처방전…… 그걸 어디에 뒀더라. 식탁 위였나, 컴퓨터 옆이었나. 어디든 성민에게 보이지 않는 곳으로 숨기긴 했을 텐데, 그게 어디였는지 생각이 나지 않았다.

현진의 불안한 얼굴을 물끄러미 바라보던 의사가 재차 약에 대해 물었다. 현진은 놀라서 의사에게 우물쭈물 답했다.

"아, 네…… 약이요. 몸에 좀 맞지 않는 것 같았어요. 그걸 먹으면 열이 오르는 것 같고 몸살기도 좀 도는 것 같고…… 그래서 그 후엔 먹지 않았는데……."

"그래요? 알레르기 반응은 아닌 것 같고, 약도 그렇게 강하지는 않은 편인데. 조금 더 주의를 해야겠네요. 일단 예전에 처방한 약은 두고 제가 새로 처방전을 드릴게요."

정신건강의학과는 누구에게도 말하지 못하는 것을 자유롭게 터놓으려 찾아가는 곳이라고 알고 있지만 몇 주가 지나도록 현진은 답답한 심정을 마음껏 풀어낼 수가 없었다. 힘들고 다 때려치우고 싶은 마음이 목구멍까지 차오를 때마다 번번이 브레이크를 걸어야 했다. 매번 현진의 심장 안쪽을 소리가 나도록 찔러 현진을 멈춰 세우는 성민의 말 한마디 때문이었다.

"취미나 운동, 뭐 특별한 일 생긴 건 없으시고요?"

취미. 의사가 말한 단어를 곱씹으며 무언가 말하려는 순간, 갑자기 핸드폰이 웅 하고 한 번 울렸다. 두 사람의 시선이 일제히 현진의 핸드폰에 꽂혔다. 현진이 발신자를 확인하자마자 또다시 웅, 웅웅 하며 알림창에 메시지가 쏟아졌다. 그와 동시에 스마트워치에서 스트레스 알림이 진동하기 시작했다.

"아, 바쁘면 시간 다 채우시지 않아도 됩니다. 오늘은 아무래도 처방이 중요해 보이니까요."

현진은 계속해서 진동이 느껴지는 오른쪽 주머니를 부여잡으며 의사에게 꾸벅 인사했다. 회의가 있어 연락을 못 받을지 모른다고 말했지만 역시 오늘도 먹히지 않았다. 정말로 회의가 있거나 다른 병원에서 진료받고 있을 때도 항상 마찬가지였다. 주머니 속에 깊숙이 넣은 현진의 핸드폰 화면은 어느새 스무 개가 넘는 메시지로 가득 찼다. 알림은 현진이 확인할 때까지 계속될 게 분명했다.

현진은 의사와 한 번 더 눈을 맞추고 천천히 일어나 상담실 문으로 향했다. 빠르게 달려나가서 메시지를 확인하고 싶다는 생각과 상담실 밖으로 나가는 이 길이 영원히 이어지면 좋겠다는 생각이 현진의 머릿속을 가득 채웠다. 주머니 속에서 떨림이 점점 더 세지는 것 같았다. 의사에게 진짜로 묻고 싶은 건 따로 있었다. 어떻게 하면 이 울림을 피할 수 있을까요? 어떻게 하면 핸드폰을 들여다보지 않을 수 있을까요? 왜 나는 그러지 못할까요? 도대체 왜 그럴까요?

땀이 가득한 현진의 왼손이 미끄러지듯 상담실 문 손잡이를 잡았다. 나가고 싶지 않았다. 그때 등 뒤에서 의사의 목소리가 들렸다.

“거기 있는 화분, 필요하시면 가져가세요. 환자분들께 효과가 좀 있더라고요. 그런 작은 취미라도 가지시면 도움도 되고요.”

의사는 ‘취미’라는 단어를 강조하며 말했다. 현진은 의사의 말을 들어야 할지, 아니면 이대로 문밖으로 빨리 나갈지 고민했다. 그사이 잠시 잠잠하던 주머니가 다시 미친 듯이 떨리기 시작했다. 현진은 손을 뻗어 꽃이 가장 커다란 화분을 집어 들고 황급히 상담실을 빠져나왔다.

집으로 돌아온 현진은 쏘아보는 성민을 마주하며 두 손 가득 무겁게 들고 있던 장바구니와 화분을 신발장 앞에 내려놓았다. 무슨 말을 해야 가장 안전할까 열심히 단어를 고르던 현진의 시선이 물감이 덕지덕지 묻은 성민의 손에 멈췄다. 현진은 고개를 돌려 집 안을 빠르게 확인했다. 그제야 이미 난장판이 되어 있는 거실이 눈에 들어왔다. 엎어진 이젤과 그 옆에 널브러진 캔버스, 그리고 여기저기 물감이 흩뿌려진 바닥. 현진은 길게 한숨을 쉬었다. 이번에는 다를 거라 약속했던 성민은 다시 제자리였다. 벌써 몇 번째인지, 매번 되풀이되는 성민의 거짓말을 다시는 믿지 않겠다고 다짐하면서도 매번 그에게 속았다.

현진은 나뒹구는 물감과 팔레트, 참고 사진과 집게 등을 정리하며 성민을 다독였다.

"성민아. 왜 그래. 연락 바로 못 받은 건 미안해. 지하철에서 깜박 잠이 들어버리는 바람에……."

"잠?"

구석에 조용히 앉아 있던 성민이 고개를 돌려 현

진을 바라봤다. 현진의 손에서 식은땀이 흐르기 시작했다. 몇천 번이고 마주했지만 이 눈빛은 익숙해지지 않는다. 현진은 조용히 성민의 다음 말을 기다렸다.

"하."

성민이 갑자기 벌떡 일어나 바닥에 있는 동그란 화병을 걷어찼다. 화병은 그대로 쓰러지며 산산조각 났다. 현진은 흠칫 놀랐지만, 애써 태연한 척 성민을 붙잡았다. 여기서 더 나가면 안 된다, 여기서 멈춰야 한다는 생각뿐이었다.

"미안해, 진짜로. 내가 이렇게 미안하다고 하잖아."

"그러니까."

성민이 깨진 화병에 시선을 고정한 채 말했다.

"고작 그것 때문에 연락을 못 받았다고?"

"그런 게 아니라니까. 성민아, 내 말을 좀 들어봐. 우리 이제 안 그러기로 했잖아."

"안 그런다고? 뭘 안 그러는데? 네가 날 좀 도와줘, 제발."

성민은 이젤과 캔버스를 다시 헤집었다. 캔버스 끄트머리가 성민의 머리에 가볍게 부딪쳤고, 성민은 그대로 캔버스를 집어 현진을 향해 던졌다. 현진은 반사적으로 캔버스를 잡았지만 아이보리색 재킷에 와인색 물감이 덕지덕지 묻었다.

옷은 엉망이 되었지만 현진은 속으로 안도의 숨을 내쉬었다. 오늘은 이 정도로 끝날 수 있을것 같았다. 언제나 현진은 성민의 화가 빨리 가라앉기를, 그래서 차라리 침잠하기를 바랐다.

"난 진짜로 너밖에 없어."

성민이 우는소리를 하며 고개를 떨구고 현진의 손을 잡았다. 손바닥이 땀으로 젖었기에 잡은 손은 계속해서 미끄러졌다. 현진은 성민의 손을 맞잡고 길게 심호흡하며 거실을 돌아봤다. 그제야 유화 물감 특유의 독한 기름 냄새가 훅 느껴졌다. 성민이 진정되면 우선 창문을 열고 깨진 화병부터 정리하자. 그런 다음에 바닥을 닦고, 물감이 쏟아진 러그에 휘발유를 조금 적셔 놓고 재킷의 물감을 지우면…….

순간 맞잡은 손에서 강한 통증이 느껴졌다. 청소할 궁리를 하던 현진은 갑작스러운 통증에 놀라 손을 뒤로 뺐지만 성민이 놔주지 않았다. 눈물범벅이 된 성민의 얼굴이 조금씩 현진의 얼굴 쪽으로 올라왔다. 현진의 스마트워치에서 스트레스 알림이 웅웅댔다.

조금 전까지 울상을 짓던 성민의 표정은 온데간데없이 사라졌다. 또다시 잔뜩 화가 난 얼굴이었다. 이…… 이런 건 처음인데. 아직 끝난 게 아니었나? 현진은 마른침을 꼴깍 삼켰다.

“그런데 넌 안 그런 것 같아.”

“…….”

“넌 날 사랑하지 않는 것 같다고.”

돌변한 성민은 현진의 손을 내팽개치고 씩씩거리며 현관으로 걸어갔다. 그곳엔 아직 냉장고에 넣지 못한 식자재들이 신발장 아래 놓여 있었다. 현진은 반사적으로 입술을 꽉 깨물었다. 아, 저걸 왜 진작 치우지 않았지.

성민이 바닥에 놓인 노란색 화분을 과장된 손짓으로 들어 올렸다. 성민의 움직임에 따라 하얗고 가느다란 리본이 아래위로 팔랑거렸다. 조그만 노란색 화분은 성민의 손에 위태하게 들려 있었다. 다음 장면은 이미 잘 알고 있었다. 분을 이기지 못한 성민이 곧 화분을 던질 거다. 운이 좋으면 맞지 않겠지만 흩뿌려지는 파편을 피하기는 어려울 터다.

현진은 무의식적으로 오른쪽 손목의 흉터를 문질렀다. 아마 화분은 현진 쪽으로, 혹은 성민이 서 있는 신발장 바로 아래로 곤두박질칠 것이다. 현진은 서둘러 성민을 향해 말했다.

"그, 그거 너 주려고 사 온 거야. 봐봐, 리본까지 달려 있어. 자세히 봐봐."

성민은 바닥에 내리꽂으려던 손을 멈칫했다. 성민의 손등에 하얀 리본이 내려앉았다.

"요즘 너 작업 잘 안 된다며. 그래서 사 왔어. 예쁘잖아, 그 꽃."

성민은 천천히 시선을 옮겨 노란 화분 위의 연보랏빛 꽃을 응시했다. 일그러졌던 성민의 표정이 조금씩 풀어졌지만 마음을 놓을 수 없었다. 제발, 이번만은 제발.

성민은 현진의 말을 곱씹으며 천천히 손을 내렸다. 놀랍게도 그는 정말로 진귀한 선물을 받은 듯 화분을 소중히 안고 이젤 옆 협탁으로 걸음을 옮겼다. 화분을 끌어안은 채 자신을 지나쳐 걸어가는 성민을 현진은 숨죽이며 바라봤다. 뭔가 한마디를 더 하는 게 좋을까, 아니면 이대로 성민이 진정되기를 바라는 게 좋을까. 이 이상의 소란을 막을 수만 있다면 현진은 어떤 거짓말도 아무렇지 않았다. 뒷덜미에서 끔찍한 두통이 다시 시작되었다.

약간의 침묵 끝에 성민이 속삭이듯 말했다.

"난 정말 너밖에 없어."

현진은 안도하며 성민의 등에 가만히 손을 가져다 대고 토닥이는 시늉을 했다. 오늘은 이걸로 끝인가.

"네가 아니면 나 잘못될 수도 있어. 알지?"

서늘하게 꽂히는 성민의 말에 현진은 다시금 눅진한 통증을 느꼈다. 손이 미세하게 떨렸다. 현진은 고개를 끄덕이며 성민이 확실히 들을 수 있도록 일부러 힘을 주어 말했다.

"그래, 알고말고."

현진은 안도하는 마음을 숨긴 채 오른손 손목의 흉터와 고심박 알림이 간헐적으로 울리는 왼손 손목의 스마트워치를 번갈아 바라보며 의식적으로 숨을 길게 들이쉬고 내뱉었다.

○

빗물을 어느 정도 닦아내고 난 후에야 현진은 안정을 찾았다.

"미안해요, 좀 어수선하죠?"

"아, 아뇨, 제가 죄송합니다."

현진은 유희가 건네는 녹차를 받아 들며 격하게 고개를 흔들었다. 말없이 창가의 식물 몇 개를 상점 가운데로 옮기는 유희를 바라보면서 현진은 어디서부터 이야기를 풀어야 할지 고민했다. 지난주 상담은 가지 못했다. 성민의 상태가 부쩍 안 좋아졌다.

그림을 그릴 때 성민이 온전히 거기에 몰두하기에 그 틈을 타 현진은 조금 숨을 돌릴 수 있었다. 문제는 그 주기를 정확히 계산할 수 없다는 거였다. 현진은 성민의 반짝이던 모습을 이제 기억하지 못한다. 갑자기 이유 없이 그림에서 손을 놓은 이후 성민은 돌변했다. 그때부터 현진에게 병적으로 집착하기 시작했다. 회사에 현진도 모르게 찾아와서는 프로젝트를 함께하는 팀원 중 몇 사람에 대해 캐물었고, 아프다는 말을 입에 달고 살았다. 몸이 좋지 않아서, 컨디션이 나빠서, 마음이 아파서, 그래서 작업이 잘되지 않는다고 숨 쉬듯 말했다. 그때마다 현진은 진지하게 병원에 가보는 게 어떠냐고 했지만 돌아오는 답변은 항상 같았다.

“나는 너만 있으면 돼.”

정신건강의학과에서 받아 온 피튜니아를 정물로 삼아 다시 그림을 시작할 즈음 성민은 괜찮았다. 진전 없는 개인전 준비를 2년이나 붙잡고 있는 성민이 오랜만에 붓을 들었기 때문이다. 상담을 받던 현진은 조금도 좋아지지 않았지만 그곳에서 받은 화분 덕분에 성민이 조금이라도 나아지면 그나마 다행이라고 생각했다. 성민은 꽃을 한 번도 본 적 없었던 사람처럼 화분을 소중하게 다뤘다. 그러다 돌변해서 화분을 바닥, 그리고 현진 쪽으로 내던지기 전까지는 말이다.

화분이 박살 나버리자 성민이 다시 그 말을 했다. 죽을 거야, 네가 없으면 안 돼, 죽어버릴 거야. 그냥 넘어가나 싶던 날들에도 예외는 없었다. 현진이 종일 곁에 있는데도 성민의 그 말은 반복되고 또 반복되었다. 상담을 받아야 할 사람은 성민이라는 걸 알았지만 그 이야기를 쉽게 꺼낼 수는 없었다.

"……죄송해요. 두 번이나 이렇게……."

현진은 손에 든 우비를 구기며 고개를 숙였다. 머리카락에 맺혀 있던 빗물이 일제히 쏟아지며 이미 흠뻑 젖은 현진의 옷을 더 축축하게 적셨다. 운동화와 양말은 진흙투성이였다. 유희는 냉기와 습기를 끌어안고 잔뜩 구겨진 현진의 모습을 머리끝부터 발끝까지 천천히 훑었다. 불과 몇 시간 전에 생긴 듯한 상처가 손등에 빨간 선을 그리며 붙어 있었다. 얼굴이 보이지 않았지만 유희는 그 표정을 충분히 읽을 수 있었다. 현진의 가늘고 창백한 손가락이 옅게 떨렸다. 현진이 쥐고 있던 하얀색 우비는 어느새 바닥에 들러붙어 있었다.

유희는 현진이 바닥에 놓아둔 봉투를 들고, 본래의 형태를 완전히 잃어버린 듯한 우비도 조심스럽게 들어 올렸다. 우비 끄트머리에서부터 흙과 먼지가 뒤섞인 물이 줄기를 이루며 흘러내렸다. 유희는 얇고 더러운 우비를 공처럼 말아 현진이 앉은 자리에서 최대한 멀리 던졌다.

'그만하고 싶다'라는 생각을 머릿속에서 수도 없이 굴렸지만 좀처럼 뱉어내지 못했다. 시도해보지 않은 건 아니었다. 다만 그 말을 처음이자 마지막으로 성민에게 건넸을 때의 충격을 다시 경험하고 싶지 않을 뿐이다. 관계를 정리하고 싶다는 말 한마디에 대한 답으로 한 달 내내 빠져 있어야 했던 지옥으로 다시 들어가고 싶지는 않았다.

"어떻게 해야 할까요?"

현진은 멍한 눈빛으로 작업대 위의 조각을 바라보며 말했다. 피튜니아는 일주일 전보다 상태가 좋지 않았다. 화사한 꽃 모양은 온데간데없고, 이파리는 당장이라도 떨어질 듯 생기가 희미했다. 유희는 피튜니아와 현진을 번갈아 보며 답했다.

"지금 이 상태에서 할 수 있는 건 아무것도 없어요."

현진이 절망적인 표정으로 바라보자, 재빨리 유희가 말을 이었다.

"하지만 희망은 있어요. 예쁜 꽃을 다시 보려면 한참 걸리겠지만요. 우선 상한 부분부터 제거해야 할 것 같네요. 그게 뭐든지 간에."

유희는 서랍에서 라텍스 장갑을 꺼내 양손에 꼼꼼하게 꼈다. 다시 작업대로 돌아가 꽃잎부터 뿌리까지 천천히 살펴봤다. 얇고 여린 줄기 대부분이 무언가에 짓이겨진 듯 위태해 보였다. 유희는 상한 줄기를 조심스럽게 솎아냈다. 아직 보랏빛을 품고 있는 꽃잎 대부분이 함께 뜯겼다. 유희가 말했다.

"그만해도 돼요."

현진이 오랜 시간 입 밖으로 내지 못했던 그 말이 유희의 입에서 흘러나왔다. 현진은 눈물인지 빗물인지 모를 것이 잔뜩 묻은 얼굴로 유희를 올려다봤다.

"도와드릴게요. 처음부터 끝까지."

유희는 흙 묻은 라텍스 장갑을 벗으며 현진에게 다가가 손을 내밀었다. 허공에 머물고 있는 유희의 손은 천장의 작은 형광등 빛과 겹쳐 오묘하게 빛나는 듯했다.

"정말…… 그럴 수 있을까요?"

침을 삼킨 현진이 갈라진 목소리로 묻자 유희는 생긋 웃으며 현진에게 고개를 기울여 답했다.

"어려운 일은 아니에요. 못 쓰게 된 화분을 다시 살려내는 것처럼요."

○

짧은 폭우가 지난 후 예고 없는 폭염이 들이닥쳤다. 각종 뉴스에서는 기상이변이 정말로 심각해진 거라 앞다투어 이야기하고 있었다.

성민은 도산시장역에 내려 핸드폰 지도 앱을 켜고 걸었다. 서늘한 지하철 안의 공기와 후텁지근한 역 바깥 공기는 대조적이었다. 갑자기 한여름이 되어버린 듯한 날씨에 머리가 팽글팽글 도는 기분이었다. 하지만 이 모든 걸 감수하고서라도 그 가게에 가야만 하는 이유가 있었다. 연락이 끊긴 현진이 사흘 만에 보낸 문자 때문이었다.

깨진 화분을 수선하러 간 현진은 그길로 자취를 감췄다. 예전에 한 번 그랬던 것처럼 또 말없이 본가에 틀어박혀 있는 게 분명하다는 생각에 곧장 달려갔지만 아무도 없었다. 회사에도 찾아갔으나 출입문은 굳게 닫혀 있었다. 성민은 다시 집으로 돌아와 난장판이 된 거실에 앉아 계속해서 현진에게 전화를 걸고 메시지를 보냈다. 하지만 대화창의 '읽지 않음' 표시는 사라지지 않았다.

그런데 오늘 아침 수많은 '읽지 않음' 표시가 일순간에 사라지고 현진이 돌연 답장을 보내왔다. 미안하다고 잘못했다고, 대화를 좀 해보자고, 그 대신 집은 싫고 예쁜 가게에서 오랜만에 데이트하는 기분으로 이야기를 좀 하자고 말했다. 현진의 말투는 평소와 약간 달랐지만 성민은 미안하다는 말에 꽂혀 금세 현진을 용서했고, 다정한 말투로 현진에게 답 메시지를 여러 개 보냈다.

—그래, 좋아. 내가 먼저 가서 기다릴게. 사랑해, 현진아. 우리는 괜찮아질 수 있어.

도산구는 난생처음 가보는 동네였다. '식물, 상점'이라는 가게 이름은 익숙했다. SNS에서 종종 추천 장소로 뜨던 명소기도 하고 예전에 현진이 사진으로 보내주기도 했기 때문이다. 성민은 묵직한 베이지색 토분의 감각을 떠올렸다. 금세 박살이 나긴 했지만 어쨌든 다시 수습해 온 꽃은 참 예뻤다. 이곳에서 오늘 새로운 정물이나 오브제를 찾을지도 모른다. 새롭게 시작하는 현진과의 모습을 본뜬 아주 근사한 무언가를.

성민은 목적지가 가까워졌음을 확인한 후 곧바로

현진에게 전화를 걸었다. 현진은 전화를 받지 않았다. 한 번, 두 번, 세 번 계속 통화 버튼을 눌렀으나 응답이 없었다. 메신저를 열었지만 자신이 보낸 십수 개의 메시지가 있을 뿐 답장은 없었다. 심지어 '읽지 않음' 표시도 지워지지 않았다. 성민의 미간이 구겨졌다. 어쩌라는 거지? 그냥 들어가야 하나? 성민은 서서 고민했다. 하지만 작열하는 태양의 열기가 결국 성민을 움직이게 만들었다. 성민은 다시 통화 버튼을 누르며 가게로 향했다.

경쾌한 종소리와 함께 초록으로 가득 찬 커다란 가게 내부가 성민의 시야에 들어왔다. 원래 식물 상점들은 다 이런가? 일순간 아마존의 어딘가로 '워프'라도 한 느낌이었다. 바깥보다 쾌적한 공기에 성민은 곧 안도했다. 어디선가 희미하게 핸드폰 진동 소리가 들렸다.

"최현진?"

성민은 이름 모를 커다란 잎을 마구 쳐내며 열대를 탐험이라도 하듯 소리가 나는 곳으로 나아갔다. 그러자 불쑥 진한 녹색 앞치마를 한 여자가 나타났다.

"김성민 님 맞으시죠?"

얼굴 가득 친절한 미소를 띤 유희가 당황한 성민을 맞이했다.

"연락을 받았거든요. 저는 여기 주인이고요. 놀라셨다면 죄송합니다."

성민은 자리에 선 채로 꾸벅 고개를 숙이는 유희를 찬찬히 훑었다. 온통 초록으로 뒤덮인 가게 안에서 해사하게 웃는 유희를 보니 놀라고 당황하고 화가 났던 마음이 일순 진정되는 느낌이었다. 꽤 오래 현진만 봐와서인지 현진과 전혀 다른 스타일의 외모를 가진 유희에게 순식간에 마음이 끌렸다. 식물을 돌보는 사람들은 다 차분하고 온화한 성격을 가진 것 같던데 역시는 역시일까. 이 여자도 온순하고 착해 보이는걸.

성민은 좀 전까지 귀를 기울이던 핸드폰의 진동을 까맣게 잊었다. 무언가 말을 꺼내려던 찰나 유희가 먼저 말을 이었다.

"화가시라고요. 요즘은 식물을 대상으로 작업하신다면서요. 나중에 그림을 좀 보여주세요."

그 말을 듣자마자 성민은 마음속에 남은 일말의 경계심이 모두 눈 녹듯 사라졌다.

"아, 네. 맞습니다. 여기도 작업에 영감을 주는 근

사한 정물이 아주 많네요, 하하."

어깨에 힘이 들어간 성민이 어색하게 웃었다. 성민은 당장이라도 그림을 보여줄 기세로 핸드폰을 열었다 닫았다를 반복했다. 유희는 긴장이 풀린 성민의 표정을 보며 계속해서 말했다. 정말 대단한 사람이라면서요, 엄청난 그림을 그린다고 하던데요. 성민은 처음 만나는 사람이 건네는 칭찬과 그 칭찬을 쏟아내는 대상이 매력적인 여성이라는 사실에 도취했다.

현진과 한 약속을 잠시 잊은 성민은 어느새 초록이 가득한 가게를 벗어나 다락으로 향하는 계단을 밟고 있었다. 유희는 성민과 함께 계단을 오르며 미소를 띤 채 말했다.

"진짜 귀한 건 남들 보는 곳에 두지 않는 법이잖아요. 작가님 작품이 그렇듯 말이죠. 인고의 시간을 버티고 난 후에 비로소 재능을 뽐내는 그런 식물들이 있거든요. 그러니까 작가님처럼요."

"앗, 제 작품을 알고 계시나 봐요? 아니면 현진이가 보여줬나요? 혹시 제가 이쪽에서 유명한 편인가요?"

성민은 뒤따라 올라오는 유희의 말에 여전히 사로

잡힌 채 아무 말이나 뱉으며 쾌활하게 웃었고, 경쾌한 발걸음으로 다락에 당도했다. 사방이 어둠에 싸인 다락 끄트머리에 홀로 빛을 받는 식물이 보였다. 연보랏빛인지 연분홍색인지 모를 묘한 색감의 꽃대가 길쭉하게 올라와 있었다. 그 밑을 포근하고 포실한 느낌의 넓은 이파리가 감싸 안았다. 작은 솜털이 붙은 것처럼 보이기도 했다.

독특한 모양의 식물에만 집중적으로 꽂혀 있는 햇볕 덕분에 분위기는 한층 더 신비로웠다. 어린 시절에 본 애니메이션에서 이런 장면을 마주한 적이 있는 듯도 했다. 어두운 다락에서 오롯이 빛을 받고 빛나는 식물을 성민은 넋을 잃고 바라봤다. 세상에 어떻게 이런 게 있지? 그래, 이거다. 이 느낌을 그대로 그림으로 옮겨내면 아주 끝내주는 작품을 만들 수 있겠어.

"조심해야 해요."

등 뒤에서 유희의 목소리가 낮게 들려왔다. 하지만 성민은 그 말을 무시하고 꽃 앞으로 성큼 얼굴을 들이밀었다. 가까이서 바라본 식물은 조그만 상처에도 바스러져 사라질 것만 같았다. 그런 생각을 하자 마음이 알 수 없는 희열로 요동쳤다. 굳세고 단단한 것보다 이렇게 무르고 약한 게 더 좋다. 이렇게 신비한 느낌, 누구의 손도 타지 않은 듯한 이 특유의 질감. 성민은 현진을 처음 만났을 때를 떠올리며 연보랏빛 꽃을 지탱하는 가느다란 줄기로 손을 뻗었다.

성민의 손가락이 꽃잎에 닿으려던 순간 등 뒤에서 유희가 있는 힘껏 성민을 내려쳤다. 꽃에 완전히 집중하고 있던 성민은 곧 의식을 잃고 쓰러졌다. 구겨진 신문지처럼 힘없이 널브러진 성민을 물끄러미 바라보던 유희는 화분에 상처가 나진 않았는지 세심하고 유심히 살폈다. 습기를 가득 머금은 여린 잎은 싱싱한 자태를 그대로 자랑하고 있었다.

"조심 좀 하라니까."

바닥에 축 늘어진 성민을 보며 유희가 인상을 구겼다.

쓰러진 성민과 성민을 내려친 삽을 그대로 두고 유희는 다시 1층으로 내려갔다. 시간에 맞춰 도착한 현진이 기웃기웃 가게 안을 들여다보고 있었다. 유희는 곧장 문을 열어주고 앞치마 안쪽 주머니의 핸드폰을 꺼내 현진에게 건넸다. 현진은 가게로 들어서며 놀란 눈빛으로 완전히 바뀐 매장을 둘러봤다.

"우와."

커다랗고 튼튼한 잎들을 보니 절로 감탄이 나왔다. 며칠 전까지만 해도 없던 식물들이었다. 초록의 잎들은 모양이 제각각이었다. 하지만 멀리서 보니 마치 한 뿌리에서 나온 듯 잘 어우러져 동화 속에 들어온 것 같은 착각을 불러일으켰다. 현진은 조심스레 안쪽으로 들어와 유희가 안내해준 의자에 몸을 걸치듯 앉았다. 무의식적으로 핸드폰 화면을 들여다봤지만 아무런 알림도 없었다. 현진은 핸드폰을 주머니에 넣은 채 길게 심호흡했다. 코끝에 몰려드는 은은한 풀 내음에 마음이 한층 더 차분해지는 기분이었다.

"벌레잡이제비꽃이라고 해요."

상점 구석으로 사라졌다가 어느새 다시 돌아온 유희가 현진의 곁에 앉으며 말했다. 현진은 유희가 안고 있는 화분을 유심히 바라봤다. 겹겹의 꽃에 겹겹의 잎이 붙어 있는 식물이었다. 다육식물과 비슷한 생김새였지만 좀 더 자세히 들여다보니 통통해 보이는 잎들은 아주 여리고 부들거리는 한 겹의 이파리로 이루어졌다. 길게 뻗은 보랏빛 꽃을 지탱하는 줄기를 제외하면 어디에도 잎과 연결된 줄기는 보이지 않았다.

"키우기 어렵지는 않을 거예요. 습도만 잘 조절해 주면 되고요. 꽃을 자주 볼 수 있는 건 아닌데 지금이 마침 적기네요. 드물게도."

유희는 화분을 현진에게 건넸다. 현진은 꽃대가 상하지 않도록 안정감 있게 화분을 받아 들었다. 벌레잡이제비꽃. 꽃 이름을 가만히 되뇌어보았다. 유희의 말을 듣고 나니 활짝 피어 영롱한 자태를 뽐내는 꽃이 한층 더 소중하게 느껴졌다.

"저…… 더 필요한 건 없을까요?"

현진이 속삭이듯 묻자 유희는 자리에서 일어나 손을 몇 번 털며 답했다.

"양분을 잎에서 흡수해요. 그래서 이름이 벌레잡이. 집 안의 쓸데없는 것들을 잘 잡아줄 거예요."

"그러니까…… 그것 외에는 없는 거죠? 이젠 정말 다 끝난 거죠?"

현진은 다시 물었다.

"뭐하면 상점에 들러 거름이 될 만한 걸 좀 가져가세요. 아무래도 흙보다는 도움이 많이 될 거예요. 상점엔 어차피 많으니까. 그리고 막 처리할 게 생기기도 했고요."

유희는 다락과 이어진 계단 너머로 눈길을 옮겼다. 현진도 유희를 따라 바라보다가 들고 있는 식물에 다시 시선을 고정했다. 식물을 안정적으로 감싸고 있는 화분에서 묘한 온기가 느껴졌다.

유희는 커다란 잎 사이로 다시 사라졌다 돌아와 현진에게 작은 쪽지를 건넸다. 쪽지에는 정갈한 글씨로 벌레잡이제비꽃의 관리 팁이 쓰여 있었다.

"보시겠어요? 마지막으로."

화분을 들고 일어선 현진에게 유희가 물었다. 현진은 천천히 고개를 저었다.

"아, 아니요. 괜찮아요."

현진은 유희에게 인사를 건넸다. 유희는 걸어가는 현진의 뒷모습을 오래도록 바라보다가 문을 다시 걸어 잠그고 1층의 조명을 모두 내렸다. 희미하게 빛이 새어 나오는 곳은 다락뿐이었다.

유희는 핸드폰을 들어 시간을 확인했다. 두 시간 정도면 정리될 것 같았다. 어둠 속에서 유희의 손에 들린 대가위 날이 반짝이며 쉴 새 없이 움직였다. 원래 모습을 알 수 없을 만큼 작게 분해되고 나면 다른 거름들과 마찬가지로 마당에 묻힐 터였다.

○

"정말 괜찮으시겠어요?"

오랜만에 정신건강의학과를 찾은 현진에게 의사는 걱정스러운 말투와 표정으로 재차 물었다.

"진짜예요. 이제는 밥도 잘 먹고 잠도 잘 자요. 보세요, 혈색도 좀 좋아지지 않았나요?"

현진은 활짝 웃으며 의사 앞으로 얼굴을 내밀었다. 확실히 달라진 현진의 표정에 의사는 다행이다 싶으면서도 일말의 의구심이 드는 걸 막을 수 없었다.

"어떤 원인이 제거되었다고 해도 우울증이나 불면증 같은 게 바로 극적인 호전이 이루어지지는 않거든요. 그런데……."

"약이 없어도 잘 자고, 다른 생각도 들지 않아요. 예전과는 정말 많이 달라졌어요."

현진은 손에 들고 있던 핸드폰을 상담 테이블 위에 내려놓고 문 쪽 노란 화분들을 손가락으로 가리키며 말을 이었다.

"그때 선물로 주신 피튜니아가 진짜로 도움이 많이 되었거든요."

의사는 현진의 핸드폰과 현진이 가리킨 화분들을 번갈아 바라보다 다시 입을 열었다.

"좋아요. 그렇다면 이번을 마지막으로 상담을 마쳐도 되겠어요. 혹시 상황이 안 좋아지거나 예전 같은 문제가 생긴다면 꼭 다시 오셔야 해요."

현진은 끄덕이며 자리에서 일어나 고개를 숙여 인사했다. 여전히 머리 위로 물음표를 띄우고 있는 의사에게 다시 미소를 지어 보인 다음 천천히 상담실 문을 열었다. 친절한 표정으로 웃음 짓는 데스크 직원 앞을 지나 맑은마음정신건강의학과의원이라는 커다랗고 하얀 글자가 새겨진 정문을 나설 때까지도 현진의 주머니에 든 핸드폰은 침묵을 지켰다. 현진은 왼팔을 들어 일정한 숫자를 유지하고 있는 스마트워치 속 심박수를 바라봤다. 비로소 찾아온 고요와 평온에 만족하며 현진은 오랜만에 편안한 숨을 길게 들이쉬고 또 내쉬었다.

케르베라 오돌람

"왜 하필이면 식물 가게예요?"

퇴사 일주일 전 회사를 그만두고 자영업을 시작한다는 유희에게 부서 동료들은 비슷한 말을 반복했다.

"식물 파는 거, 그거 돈이 되긴 해요? 보통 직장 그만두면 카페 같은, 그런 거 차리지 않나."

호기심의 눈빛을 가득 발사하는 동료들에게 유희가 할 수 있는 답은 하나였다.

"그냥요. 돈이 되는지 안 되는지는 한번 지켜봐야겠죠? 일단은 열심히 해보려고요."

도산구 끄트머리에 상점을 차린다는 말을 하자 평소에 친하지 않은 사람들까지 앞다투어 말을 보탰다. 하나같이 도산구는 일부러 갈 만큼 매력적인 동네가 아니라며 직장 생활만 해서 그런지 사업에 대한 기본 감각이 없다는 걱정을 빙자한 잔소리였다. 그럴 때마다 유희는 그저 싱긋 웃으며 들려오는 말을 귓등으로 흘렸다. 그런 말을 한마디씩 할 때마다 영업 자본이라도 보태주면 좋으련만 애석하게도 그런 말을 입 밖까지 꺼내지는 못했다.

상점 자리를 찾아보려고 부동산을 여기저기 기웃거릴 때도 물론 같은 말을 들어야 했다. “그 자리에 꽃 가게요? 에이, 뭘 모르시네.” 고개를 절레절레 젓는 사람들을 십수 명은 지나쳤고, 저마다 유희의 미래에 몇 마디를 더하기도 했다. 하지만 유희는 퇴사를 결심한 날부터 ‘식물’이라는 단어 외의 것을 생각해본 적이 없다. 어릴 때부터 꿈이었기에, 말하자면 꽤 오랜 시간을 돌고 돌아 지금의 궤도에 들어온 것이기에 유희에게 제2 혹은 제3의 계획이란 없었다.

길가에 핀 꽃이나 작은 잡초도 지나치지 않고 유달리 관심을 가지는 사람들이 있다. 유희도 그런 부류 중 하나였다. 어린 시절 놀이터에서 흙모래를 던지며 신나게 놀다가도 그 틈바구니에서 작은 풀을 발견하면 풀 구경에 정신을 쏟곤 했다. 양분이 전혀 없을 것만 같은 곳에서 빼꼼히 얼굴을 내미는 식물들이 더없이 신기했다. 메마른 땅에서 뿌리를 드러낸 채로 조심조심 살다 돌연 쏟아지는 빗줄기에 잔뜩 신이 난

듯 솟아오르는 잡초와 들꽃들. 어린 유희를 사로잡았던 식물들은 유희가 잡초들보다 친구들에 더 관심을 쏟을 만한 나이가 되었을 때도 유희의 눈을 반짝이게 만들었다.

식물들은 사람이나 동물처럼 발이 달리지 않아서 스스로 몸을 움직일 수 없지만 그 대신 어느 땅에 내리든 놀라운 생명력을 보여주는 존재들이다. 나고 자라는 장소는 복불복일지언정 주어진 환경에 최선을 다하고, 재해를 만나더라도 말없이 생존을 위해 노력하는, 묵묵하고 든든한 친구와도 같았다.

중학교 입학 후 더 넓은 화단과 운동장을 마주했을 때도 두근거리는 마음을 감출 수 없었다. 해야 할 공부는 늘었지만 익숙한 풍경에서 벗어나 새로운 흙, 새로운 식물들과 마주하게 되었으므로 교감이 특별히 애지중지한다는 잘 관리된 팬지와 튤립 화단을 보고 있으면 괜히 마음이 들떴다. 세상에는 식물을 좋아하는 사람이 정말로 많다는 생각을 확인하게 되었으니까. 그랬기에 그 예쁘고 오롯한 꽃들을 전부 짓밟고 으깨버리는 사람들이 존재한다는 걸 알았을 때는 아주 깊이 절망할 수밖에 없었다.

○

유희는 테이블에 비스듬히 기대서서 쨍한 연둣빛 몬스테라 이파리 모양의 키링이 요란하게 흔들리는 걸 바라봤다. 검은 가방에 단단하게 묶인 키링의 주인은 중학생, 혹은 많아 봐야 고등학생쯤 되어 보였다. 단정하게 묶은 머리, 이 근처에서 한 번도 마주한 적 없는 자줏빛 체크무늬 교복. 딱 저 정도 나이였을까. 계속해서 지우려고 노력해도 지워지지 않는 기억. 유희는 무의식적으로 왼쪽 가슴께에 가만히 손을 올렸다. 키링과 함께 체크무늬 교복 치마가 팔랑거리며 상점 여기저기를 훑는 걸 보면서 유희는 가슴 어딘가가 아릿하게 저려옴을 느꼈다.

민하는 가게 한가운데에 서서 모든 식물을 눈과 머리로 하나하나 기억해두겠다는 듯한 의지를 불태웠다. 모든 게 새로운 세진시였지만 이곳은 민하에게 더욱 특별했다. SNS를 들여다보며 언젠가는 꼭 가보고 싶다는 말만 되풀이했는데 그게 오늘이 될 줄은 몰랐다. 남인시로 다시 돌아가려면 적어도 이동에만

두 시간을 잡아야 하니 충동적으로 내린 결정이었다. 아빠에게 걸리지 않으려면 적당히 구경하고 움직여야 했지만 민하의 발은 마치 촘촘한 나무뿌리에 걸린 듯 걸음을 옮기는 자리마다 요지부동이었다.

가게 곳곳에 생전 처음 보는 식물들이 은은한 조명을 받으며 당당히 고개를 뻗고 있었다. 달과 계절이 바뀐 지 얼마 되지 않았건만 가게는 이미 여름의 기운을 지우고 가을의 내음을 미리 입은 듯했다. 그렇기에 차분한 노란색 꽃을 자랑하는 화분이 많았다. 한쪽 벽에는 깨끗하게 손질한 억새가 몇 다발 놓여 있었다. 민하는 억새 앞에서 코를 벌름거리며 날 리 없는 냄새를 맡았다. 그러다 예기치 못한 재채기가 튀어나와 곧 억새로부터 등을 돌렸고, 구석에서 코스모스 단을 정리하던 유희와 눈이 마주쳤다.

유희는 재채기를 가까스로 참는 듯 잔뜩 찡그리고 있는 민하의 얼굴을 정면으로 바라봤다. 들어오자마자 깍깍 소리를 내며 여기저기 사진으로 남기는 앳된 모습에 훨씬 더 어릴 거라 생각했고, 여차하면 부모님과 함께 왔는지 물으려 했다. 하지만 눈을 마주한 민하의 얼굴은 생각보단 성숙한 느낌이었고, 그 사실에 유희는 곧 안도했다.

이쪽을 바라보며 머쓱한 표정을 짓는 민하에게 유희는 천천히 다가가 휴지를 건넸다.

"미안해요, 먼지가 좀 있을 거예요, 이쪽엔."

"아, 감, 감사합니다! 이제 괜찮아요, 흐."

민하는 유희에게서 휴지를 받아 들고 팽 소리가 나도록 코를 풀며 말했다. 유희는 고개를 끄덕이고는 하던 일을 계속하려고 걸음을 옮겼다. 그 순간 등 뒤에서 밝게 외치는 민하의 목소리가 들렸다.

"저기!"

유희가 걸음을 멈추고 돌아보자 민하는 휴지를 든 손으로 바로 옆을 가리키며 말을 이었다.

"이게 원래 이—만큼 클 수도 있나요? 이런 건 처음 봐서요."

민하가 가리킨 자리에는 천장에 닿을 정도로 크고 넓게 자란 몬스테라가 있었다. 민하는 성큼 움직여 몬스테라 앞에서 양팔을 쭉 뻗어 올렸고, 그러자 백팩에 달린 키링도 세차게 움직였다.

"빛과 습도에만 좀 신경 쓰면 누구나 이만큼 키울 수 있어요. 저쪽에 있는 건 벵갈고무나무인데 줄기 밑에 붙은 잎이랑 위에 있는 잎이 좀 차이가 있죠? 위에 자란 잎이 빛을 좀 더 많이 받아서 그렇기도 하고요."

민하는 유희가 가리키는 방향으로 고개를 쭉 빼고는 벵갈, 벵갈고무나무 하며 여러 번 읊조렸다. 유희는 상점에 들른 사람 중에 중학생이나 고등학생이 있던가 잠시 생각했다. 모두를 기억할 수는 없지만 적어도 누군가 교복을 입고 평일 한낮에 가게를 찾아온 적은 오늘이 유일한 듯했다. 눈을 반짝이며 혼잣말을 중얼거리는 민하를 보며 유희는 잠시 긴장했던 마음을 완전히 풀었다.

"둘러보면서 필요한 것이 있으면 불러주세요. 아, 여기 있는 식물들 이름은 화분 근처를 보면 쉽게 찾을 수 있을 거예요."

유희의 말이 끝나자마자 민하는 몸을 숙이고서 화분 여기저기에 놓인 작은 표지판을 보며 고개를 끄덕였다. 그러다 문득 무언가 생각났다는 듯 조심스럽게 입을 열었다.

"그런데요, 혹시 여기 오면 꼭 뭘 사야 하나요? 제가 뭘 살 형편은 안 되는데 그냥 구경만 하고 가도 되는지……. 어, 그러니까, 돈이 아예 없는 건 아닌데 음,

제가 좀 멀리 살거든요. 그리고 여기 있는 건 전부 비쌀 것…… 같기도 하고, 음…….”

“아니에요, 그냥 구경만 하고 가셔도 됩니다. 다만 꽃이 핀 식물들은 조금 조심하시고요. 그리고…….”

“재는 1000원, 그 옆에는 3000원, 뒤에도 1000원이고요.”

“어…….”

“그러니까 그냥 편하게 보세요. 얼마 안 하는 애도 많고 종류도 다양해요.”

유희는 말을 마친 후 생긋 웃음을 짓고는 가게 구석으로 사라졌다. 민하는 그런 유희의 뒷모습을 바라보며 눈을 다시 반짝였다. 흐트러짐 없는 차분하고 깔끔한 목소리와 단정하게 맨 앞치마. 초록색 앞치마에 묻어 있는 흙마저도 진짜 어른의 흔적같이 보였다. 언젠가 나도 저런 사람이 될 수 있을까? 세진시의 진로체험센터에 다닌 지 벌써 몇 달이 지났지만 그곳에서 얻은 건 딱히 없다. 진로에 대한 고민보다 그저 동네를 벗어나 도시로 나오는 일 자체가 지금의 민하에게 가장 중요했기 때문이다.

비록 오늘은 일탈을 했지만 후회는 없었다. 민하

는 다시 상점 안을 훑었다. 사람들이 인터넷에 올린 사진들을 머릿속에 떠올리며 이곳저곳을 대조해봤다. 빛이 길게 드리워진 공간은 최근 업데이트된 상점 계정의 사진에서 보던 그대로였고, 빛이 닿지 않는 공간도 깔끔하게 정돈되고 꾸며져 있었다.

가게 안은 어느 하나 허투루 놓인 물건이 없는 듯했다. 그렇다고 모든 것에 각이 정확히 잡혀 있고 물기나 습기 하나 없이 완벽히 깨끗한 공간은 아니었다. 알 수 없는 편안함과 안정된 느낌은 아마도 식물들의 배치 때문일 거라고 추측했다. 민하는 걸어왔던 길을 뒷걸음질로 돌아가서 다시 문 앞에 섰다. 무언가를 반드시 사야 할 것 같다는 강박감은 유희의 차분한 몇 마디로 사라졌다. 5000원 정도는 써도 되겠지. 민하는 주머니를 만지작거리며 중얼거렸다.

민하보다 키가 큰 몬스테라는 계속 민하의 걸음을 붙들었다. 길고 곧은 초록의 줄기, 그리고 거기에 달린 단단한 부채 같은 잎을 보고 있으면 이상하게 마음이 편안해졌다. 희귀한 색을 내는 몬스테라들은 고가에 거래된다고도 했다. 민하의 관심사는 식물을 사고팔아 얼마의 수익을 내느냐가 아니었다. 몬스테라

같은 식물들은 지속적으로 관리해주어야 완연한 본래의 모습을 유지한다. 그렇게 무언가를 관리하고 가꾸는 일이 신기했고, 또 흥미도 있었다.

어릴 때부터 마당을 지키던 작은 나무가 있었다. 민하의 키를 넘지 않는 나무는 돌보는 사람이 없는데도 알아서 잘 자랐고 여러 해의 겨울에서 살아남아 이듬해 반드시 잎을 틔웠다. 무슨 나무인지, 언제부터 거기 있었는지 알 수 없지만 속상한 일이 있을 때마다 민하는 나무 앞에 달려가 울었고, 친구에게 털어놓지 못하는 이야기들을 종종 그 앞에서 쏟아냈다. 손등과 팔에 난 상처의 열기를 식히기 위해 눈치를 살피며 나무에 슬쩍 몸을 붙이고 앉아 있기도 했다. 폭설이 내리는 영하의 겨울이나 온몸에 땀이 줄줄 흐르는 여름에도 나무 옆에 앉아 잠깐 시간을 보내곤 했다. 몸이 아프고 뻐근해 이불 속에 누워 옴짝달싹 못 할 때도 마당에 선 작은 나무의 단단하고 곧은 자색 줄기와 여린 진녹색 잎을 떠올리면 감기약이나 해열제를 먹은 것처럼 통증이 느슨해지고 마음이 차분해졌다.

가게 끄트머리에서 다시 억새를 만났다. 가느다란 자주색 실로 단단하게 묶어 투명한 유리병에 꽂은 억새 다발이 가게 곳곳에 놓여 있었다. 어쩌면 갈대일 수도 있겠네. 민하는 나지막이 중얼거렸다. 억새가 어떤 식물인지, 갈대가 어디에서 자라는지 둘의 차이점을 명확하게 구분할 줄 몰랐다. 하지만 저렇게 생긴 식물의 까칠함과 줄기의 단단함만은 정확히 알았다. 집의 대문을 열면 코앞에 보이는 밭과 그곳에 삐죽삐죽 자란 저것과 똑같은 모양을 한 식물들. 죽었는지 살았는지 가늠할 수 없을 만큼 똑같은 색과 똑같은 길이로 항상 자리를 지키는 것들. 그쪽으로 도망가면 어김없이 끌려오기를 반복했다. 이제 민하의 손에는 엄마가 가진 흉터와 같은 모양의 흔적이 고스란히 남게 되었다.

민하는 곱게 묶인 억새의 부들부들한 끄트머리로 손을 뻗었다. 포근한 감촉이 손바닥을 덮어왔다. 이렇게 예쁜 걸 어디서 구했을까. 이런 애들도 줄기와 뿌리는 거칠고 단단하게 생겼을까. 가만히 고개를 기울여 자주색 실로 묶인 억새의 밑동을 바라봤다. 그 순간, 민하의 길게 묶은 머리에 닿은 다른 유리병이 힘없이 기울었다.

머리끝에 무언가 닿았다는 느낌에 퍼뜩 고개를 들

었지만 이미 늦었다. 바닥에 고꾸라져 박살이 난 유리병과 그 파편을 견디고 있는 억새 더미를 확인하자마자 민하는 자리에 앉아 허겁지겁 손을 뻗었다.

"어, 안 돼요!"

동시에 다급한 유희의 목소리가 들려왔다. 민하는 주춤했다. 매장 안쪽에 드리운 녹색의 두꺼운 커튼 사이로 머리를 내밀고 있던 유희가 급히 뛰어왔고, 민하는 쪼그린 자세 그대로 가볍게 주저앉았다.

"다친 데는 없어요? 바닥에도 유리가 튀었을지 모르니 조심해요."

유희는 자리에 털썩 앉은 민하를 먼저 일으켜 세웠다. 바닥에 남은 물기로 민하의 팔은 촉촉하게 젖어 있었다. 유리 조각이 묻었을지 모른다는 생각에 유희는 민하의 교복 셔츠 소매를 가볍게 털었다. 민하의 손목부터 팔까지 길게 자리하고 있는 옅은 흉터가 드러났다. 유희의 시선을 느낀 민하는 재빨리 손을 아래로 내려 훌훌 터는 시늉을 했다.

"가, 감사합니다. 그런데 이거 어쩌죠…… 병이……."

민하가 허둥지둥하며 고개를 숙였다. 유희는 고개

를 저으며 별일 아니라고 민하를 안심시켰다.

"그러다 더 다칠 수 있어요. 원래 유리는 잘 깨져요. 손님 말고 다른 분들도 가끔 화분을 깨고 그러는 걸요."

차분한 얼굴로 능숙하게 바닥의 파편들을 치우는 유희 덕분에 민하는 금세 마음을 가라앉혔다. 민하는 유희가 안내해준 작은 의자에 앉아 바닥에 떨어진 억새와 유리병 조각들이 하나둘 사라지고 정돈되는 걸 물끄러미 바라보고 있었다. 몇 번의 비질로 말끔해진 바닥을 보며 민하는 마음속으로 괜찮다고 되뇌었다. 정리를 끝낸 유희가 커튼 뒤쪽에서 작은 호스를 끌고 오더니 물을 조금씩 바닥에 흘리며 놓친 조각이 없는지 구석구석 꼼꼼히 확인했다.

"마음에 드는 건 있었나요?"

유희가 움직이는 방향으로 계속 시선을 좇던 민하는 갑작스러운 질문에 퍼뜩 놀라 아무렇게나 대답했다.

"네, 어, 그러니까 몬스테라도 예쁘고, 그렇게 됐지만 억새…… 억새 맞죠? 그것도 예쁘고요, 또……."

민하는 상점 여기저기 시선을 옮기며 아는 식물의

이름을 짜내려고 노력했다. 쩔쩔매는 표정과 몸짓은 영락없는 학생 특유의 그것이었지만 유희는 민하의 팔에 길고 날카롭게 붙어 있는 어렴풋한 흉터가 계속 마음에 걸렸다. 멀리서 왔다고 했으니 일부러 찾아온 게 분명했다. 유희는 민하의 가방에서 달랑거리는 식물 모양 키링을 바라봤다. 저 나이 때 다른 일에 집중할 수 있었다면 좋았을 텐데. 그러면 그곳에서 도망가기보다 좀 더 버틸 수 있었을까?

유희는 바닥의 물기 때문에 여기저기 고동색 반점이 생긴 민하의 교복 재킷과 셔츠를 바라보며 답했다.

"네, 억새 맞아요. 바닥에 떨어진 것만 따로 모아 둔 거라 너무 걱정하지 않아도 돼요. 괜찮으면 이거 하나 가져갈래요?"

쭉 뻗었다 다시 자리를 찾은 유희의 손에 작고 동그란 돌멩이 같은 것이 하나 들려 있었다. 돌멩이는 저보다 조금 큰 화분에 곱게 자리했다. 민하는 눈을 크게 뜨고 유희가 내민 잘 다듬어진 조약돌 모양을 찬찬히 바라봤다.

"귀엽죠? 다육식물중 하나인데 리돕스라고 해요. 봄에서 여름까지는 잠시 쉬고 가을 무렵부터 꽃도 피우며 활발하게 자라거든요. 보기엔 돌덩이 같지만 그게 얘가 자신을 숨기는 방법이래요."

"우와, 저는 돌인 줄 알았어요."

무의식중에 작고 통통한 리돕스를 눌러보려고 뻗은 민하의 손이 유희가 뒷걸음질 치는 바람에 허공에 머물렀다.

"얘는 작은 상처에도 민감하거든요. 그래서 찔러보는 건 금물이에요. 작년 겨울 무렵에 급하게 파종했는데 제법 잘 자라서 이렇게 많아졌어요. 혹시나 싶어 따로 빼둔 게 몇 개 있는데 마음에 드는 걸로 하나 골라보세요."

유희는 옆에 놓인 작은 탁자에서 화분 세 개를 더 가져와 보여주었다. 손바닥만 한 갈색 토분에 손가락 한 마디가 될까 말까 한 리돕스들이 자리 잡고 있었다. 민하는 가만히 바라보다가 마치 형광 페인트를 도포한 것처럼 눈에 띄게 튀는 연두색 무늬의 리돕스를 골랐다. 무언가를 말하려고 벌린 입처럼 가운데가 빼죽 벌어져 있어 독특했다.

"예쁜 애를 잘 골랐네요. 그 친구는 꽃이 좀 늦게 필지도 몰라요."

유희는 화분을 들고 테이블로 자리를 옮겼다. 그 뒤를 민하도 따랐다. 깊은 상처가 나면 회복이 어렵다는 걸 유희는 재차 강조했고, 가져갈 때 어딘가에 부딪히지 않도록 플라스틱 컵 안쪽에 화분을 넣어 촘촘히 포장했다. 민하는 상자 형태를 만들고 테이프를 붙여 손잡이가 달린 봉투를 완성하는 유희의 빠른 손놀림을 넋을 잃고 바라봤다.

“이것도 그렇게 신기해요?”

“아…… 네. 화분을 이렇게 포장하는 건 처음 봐서요……. 아, 그리고 감사합니다!”

유희가 단단히 포장해준 화분을 들고 민하는 경쾌한 걸음으로 가게를 나왔다. 청량한 종소리가 머리 위에서 한 번 더 울렸고, 가게로 들어가려는 방문객들과 가볍게 옷깃이 스쳤다. 그릉거리며 여전히 마당 한쪽을 차지하고 있는 고양이들에게 눈인사를 마치고 나서야 세진시에서 출발해야 하는 시간을 훌쩍 넘겼음을 깨달았다.

핸드폰에는 아무런 알림도 도착해 있지 않았다. 하지만 초조한 마음을 누를 수 없었다. 도산구에서 집으로 돌아가는 길은 생각보다 멀었다. 민하는 화분이 담긴 봉투를 양손에 꽉 잡고 버스 정류장을 향해 종종걸음으로 걸었다. 바람이 제법 불어 서늘했지만 온몸에 땀이 났다. 담임이 혹시 오늘 내가 센터 교육 일부를 빼먹은 걸 알았을까? 평소에 담임이 엄마와 연락을 자주 하지 않으니 오늘은 괜찮을 거다. 아니, 오늘은 전화나 문자를 따로 하지 않았을까? 혹시 통화 내용을 아빠가 듣기라도 했다면 어떻게 해야 하지?

버스를 눈앞에서 놓친 민하는 핸드폰을 바라보며 발을 동동 굴렀다. 두 번 연달은 환승에 가까스로 광역버스에 올랐지만 마음을 놓을 수 없었다. 제발, 오늘이 어쩌다 한 번 아주 늦게 들어오는 그날이길 바랐다. 잔뜩 술에 취해 한바탕 난리를 부려도 괜찮고, 불쾌한 얼굴을 하고서 기분 나쁜 눈으로 민하를 훑는 예의 그 아저씨들과 함께 집에 온다 해도 괜찮다. 집에 늦게 들어간 것만 모르면 되었다.

버스는 막힘없이 1차선을 질주했지만 해는 이미 산 끄트머리에 걸려 사라질 무렵이었다. 광역버스에서 내려 다시 집 근처까지 가는 시내버스로 갈아탔을 때는 벌써 7시가 넘었다. 천천히 달리는 버스가 야속하게 느껴지기는 이번이 처음이었다. 리돕스를 단단히 감싼 봉투 손잡이는 땀에 끈적하게 젖어 있었다.

집 앞에서 민하는 길게 숨을 골랐다. 화분이 담긴 봉투를 가방에 넣을까 했지만 들어갈 자리가 없었다. 잠시 고민이 필요했다. 봉투는 이리저리 돌려봐도 때가 타지 않은 깔끔한 모습이었다. 상점의 주인 언니가 상처 나지 않도록 꼭 주의하라고 했다. 이걸 이대로 들고 갔다간 어떤 장면이 펼쳐질지 불 보듯 뻔했다. 어딘가에 숨겨야 할까?

"김민하."

숨을 깊게 고르며 연기할 표정을 지어보는데 등 뒤에서 가장 피하고 싶은 목소리가 들려왔다. 역시 먼저 와 있었구나. 철렁, 소리를 내며 발끝까지 떨어진 마음을 애써 가다듬으며 민하는 아주 천천히 고개를 돌렸다.

민하의 시선은 술병이 맞부딪쳐 바스락거리는 소리를 내는 검은 봉지에 꽂혔다. 하필이면 오늘이라니. 남자는 슬리퍼를 끌며 천천히 민하 쪽으로 걸어왔다. 민하는 자신이 들고 있는 황토색 각진 봉투에 그의 시선이 머물러 있음을 직감했다.

상처 입은 리돕스가 다시 살아날 방법이 있을까?

하루가 채 지나지 않아 다시 시작된 지옥이 너무도 선명하게 온몸을 조여와 민하는 눈을 질끈 감았다.

다음 날 아침 유희는 마당에 서서 생각을 정리했다. 마당의 흙과 잔디, 곳곳에 심어둔 나무는 얼핏 되는대로 자라는 것처럼 보이지만 사실 그렇지 않다. 손길이 닿지 않는 땅은 말 그대로 죽은 땅이 되어버린다. 보통은 마지막 장마를 보내고 난 후에 본격적으로 마당의 흙과 잔풀을 정리하는데 올해는 유독 장마가 길고 잦아 적절한 때를 잡지 못했다. 그 탓에 거름을 과하게 빨아들인 몇몇 군데가 붉게 패이고 어떤 부분은 회색토로 변하기도 했다. 유희는 가게 밖의 작은 계단에 앉아 마당 이곳저곳으로 길게 시선을 옮겼다.

흙을 가는 일은 고되지만 유희는 그 작업을 좋아했고, 또 맨손으로 흙을 만지는 걸 선호했다. 손에 묻은 흙이야 씻으면 금세 사라지고 옷에 묻은 흙은 털거나 세탁하면 그만이었다. 장갑을 끼면 흙의 기운과 그 아래 묻힌 것의 쓸모 여부가 제대로 느껴지지 않았다. 식물을 가꾸고 관리하기 시작하면서 유희는 모든 식물을 맨손으로 다루는 일에 익숙해졌다. 새잎부터 뿌리까지 독성이 가득한 식물을 제외하면 말이다.

유희는 마당을 네 구역으로 나누어 어디를 먼저 정리할지 고민했다. 어차피 바깥에서 자라는 식물들은 이제부터 월동 준비에 들어가야 한다. 그중 버티는 식물도 있고 아닌 식물도 있겠지. 이러니저러니 해도 누런 땅의 일부만은 정리해야 했다. 그 과정을 기록하는 게 아무래도 도움이 되겠다 싶어 핸드폰을 들었다.

상점의 SNS 계정과 메일 모두 알림을 꺼두었으므로 누가 무슨 메시지를 보내고 어디에 '좋아요' 혹은 댓글을 다는지 알기 어려웠다. 그런데 종종 알 수 없는 오류로 알림이 보일 때가 있었다. 바로 오늘같이 말이다.

앱 알림이 여기저기에 붙어 있는 걸 좋아하지 않는 유희는 계정 아이콘 오른쪽 위에 붙은 빨갛고 동그란 배지만 없앨 심산으로 계정에 접속했다. 읽지 않은 수많은 메시지와 댓글이 동시에 주르륵 올라왔다. 상점 계정을 만든 이후 한 번도 메시지를 확인한 적이 없으니 모르긴 몰라도 엄청나게 쌓였을 터다. 하나를 확인하기 시작하면 전부 다 확인해야 한다. 유희는 앱을 닫으려고 홈 버튼에 엄지손가락을 올렸다. 그때 계정 알림창 가장 위에 올라와 있는 메시지 하나가 유희의 손을 멈칫하게 했다. 특별히 눈에 띄거나 원래 알던 아이디는 아니었으나 열 개 가까이 되는 메시지 알림의 숫자가 중요했다.

닉네임 '하11'의 메시지 창에는 같은 구도에서 여러 번 찍은 듯한 사진이 잔뜩 나열되어 있었다. 반복되는 '도와주세요'를 지나 유희는 메시지에 첨부된 사진을 클릭했다. 가운데가 깊게 파여 소생이 불가능해 보이는 연둣빛 리돕스를 정면에서 찍은 사진이었다. 리돕스를 감싼 흙도 여기저기 파여 있었고, 자세히 보이진 않지만 화분 끄트머리도 약간 깨진 모양이었다.

유희는 사진을 모두 보고 나서야 이 리돕스의 출처가 자신이라는 걸 깨달았다. 다시 '하11'이 보낸 메시지들을 훑었다. 도와주세요, 어떻게 해야 하죠. 두서없이 쓴 말이지만 리돕스를 살릴 방법을 묻는 듯 보였다. 최근 매장에 들러 리돕스를 사 간 사람은 없었다. 화분 몇 개가 완연한 꽃을 피울 때까지 기다리기 위해 매장 내에 따로 전시하지 않았기 때문이다. 증정한 사람은…… 딱 한 명 있었다. 반사적으로 유희의 머릿속에 아이보리색 교복 셔츠 사이로 보이던 가늘고 긴 흉터가 떠올랐다.

'하11'은 계속해서 무언가를 썼다 지웠다를 반복했다. 유희는 메시지 창 위로 올라가 다시 리돕스의 사진을 확인했다. 겨우 하루 사이에 이렇게 망가지다니. 키우기 너무 어려운 식물을 준 걸까. 혹시 포장이 부실했나? 더 단단하게 묶어야 했을까.

—제가

—제가 그런 게 아니에요

두 개의 메시지가 연달아 올라왔다. 유희는 머리를 단정히 올려 묶고서 모든 게 신기하고 재밌다는 듯 연신 초롱한 눈으로 가게 안을 훑던 여학생의 모습을 떠올렸다. 무슨 일이 있었는지, 리돕스의 소생 가능성보다 그 반짝이던 눈동자의 주인이 이런 말을 하는 이유가 더 중요했다. 유희는 두서없이 이어지는 말을 끊고 다급하게 답을 보냈다.

—상점에 또 올 수 있나요? 언제든 상관없어요

유희에게 답을 받은 민하는 고개를 들어 책상 위에 걸린 달력을 바라봤다. 어제의 일 때문에 앞으로를 기약할 수 없었다. 선물 받은 거라고, 돈 주고 사 온

게 아니라고 말했지만 아빠는 믿지 않았다. 벌어다 주는 피 같은 돈을 허튼 데 쓴다며 언제나 그렇듯 온 집안을 뒤집었다. 끝날 듯 끝나지 않는 아빠의 난동은 평소보다 더 길었고, 민하는 봉투 안의 내용물이 눈앞에서 바닥으로 천장으로 오가는 걸 멍하니 쳐다보다 다시금 깊은 좌절감을 느꼈다. 애들은 원래 그렇게 크는 거라고, 훈육하다 보면 손을 좀 댈 수도 있다고 말하는 아빠와 아빠 친구들이 키득댈 때도 미동 없이 버티던 민하였다. 하지만 누군가로부터 받은 선물, 그것도 민하의 오롯한 책임이 남아 있는 그 선물이 바닥으로, 그리고 마당으로 곤두박질치는 모습에 이 굴레에서 영원히 벗어나지 못할 것 같다는 공포를 새삼 아주 깊게 느꼈다. 저렇게 된 화분이라도, 이렇게 된 나라도 다시 살아날 수 있을까? 생채기가 잔뜩 난 식물을 보며 마음 깊은 곳에서 화가 밀려왔다. '식물, 상점'의 계정에는 메시지에 답하지 않는다는 공지가 고정되어 있었지만 민하에게 다른 방법은 없었다.

한참 동안 민하는 유희가 보낸 답장을 읽고 또 읽었다. 아빠의 화가 가라앉는 데는 늘 시간이 필요했다. 그 빌어먹을 시간이 말이다. 몇 달은 세진시에 가기 어렵게 되었다. 민하는 그 시간을 이번에도 견딜 수 있을지 확신이 들지 않았다.

—리돕스는 두고 빈손으로 오세요

유희는 답이 없는 대화창에 다시 메시지를 남겼다. 메시지는 읽음 처리가 되었으나 더 이상 대화는 이어지지 않았다. 유희가 가게 문을 열고 손님들을 맞으며 쌓인 메일에 답을 하는 동안에도 여전히 답장은 오지 않았다.

그 학생은 분명 올 것이다. 얼마의 시간이 걸릴지는 알 수 없지만 분명히 찾아올 테고, 짐작대로 도움이 필요한 거라면 어떤 방법으로 그녀를 돕는 게 좋을지 생각해봤다. 누가 리돕스를 그렇게 만든 걸까. "뛰어, 최유희. 뛰라고!" 멀리서 목소리가 들리는 것 같아 유희는 무의식적으로 고개를 뒤로 젖혔다. 낄낄거리는 남자아이들과 검녹색 교복 치마에 묻어 있던 알 수 없는 액체, 하교 시간이면 귀를 닫고 앞만 보고 걸어야 했던 날들. 내가 그런 게 아니야. 그 말을 여러 번 반복했지만 아무도 믿어주지 않았다.

문득 어떤 얼굴이 떠오르자, 유희는 눈을 꼭 감았다. 어떤 사연인지는 모르지만 필요하다면 도와줘야만 한다.

유희는 작업대에서 라텍스 장갑을 꺼내 꼼꼼히 손가락에 끼고 다락으로 향했다. 흙과 함께 꼼꼼히 다져 밀봉한 종량제 봉투 두 개를 지나 가장 안쪽에 커튼으로 막아둔 커다란 온실의 손잡이를 서서히 잡아당겼다. 유희보다 조금 작은 나무들이 일정한 간격으로 놓여 있었다. 유희는 화사한 점박 무늬가 있는 하얀 꽃, 그 가운데서도 곧 떨어지기 직전으로 보이는 꽃의 아래를 확인했다. 통통하고 길쭉한 연두색 열매가 두 개 정도 매달려 있었다. 완전히 익지는 않았어도 이 정도면 충분했다. 유희는 지금 열매를 수확할지 잠시 고민하다 좀 더 확실한 성능을 내려면 며칠 더 두는 것이 좋겠다고 판단했다.

유희는 세심히 손을 움직이며 발육 정도를 확인했다. 이삼 년에 한 번 쓸 수 있는 열매지만 아깝다는 생각은 들지 않았다. 항상 적당한 곳에 잘 쓰였고, 이번에도 그럴 것이다. 열매의 까슬한 표면을 아주 천천히 어루만지면서 다시 메시지 창을 확인했다.

○

"아직도 그거 보세요?"

도경의 책상 위에 놓인 프린트 중 하나를 들여다보던 박 순경이 말했다. 생각에 잠겨 있던 도경이 고개를 돌려 박 순경을 쳐다보며 눈썹을 치켜올렸다.

"왜, 들은 거라도 있어? 중요한 증인이나 뭐 그런?"

"아, 아니아니, 그런 게 아니고요, 그냥 궁금해서 여쭤본 건데……."

머쓱한 표정으로 박 순경이 자리를 피하자 반짝이던 도경의 눈은 곧 실망이 가득한 기색이었다. 자리에서 성큼 일어났던 도경은 머리를 벅벅 긁으며 풀썩 앉았다.

"뭐라도 딱 하나, 딱 하나만 잡히면 좋은데. 뭔가 있어. 있는데……."

도경은 자리에 앉아 볼펜을 깔짝거리며 혼잣말을 중얼거렸다. 곧 자리로 돌아온 임 팀장이 잔뜩 구겨진 얼굴을 한 도경에게 말했다.

“아이고, 그게 보고 끝난 거 아니었어? 사건이 그것만 있는 것도 아니잖아.”

임 팀장이 짜증 내는 듯한 목소리로 인상을 쓰자, 멀리서 이쪽을 건너다보던 박 순경이 다시 걸음을 재촉했다.

“시신이 발견된 것도 아니잖아. 안 그래?”

“아니, 그래도 좀 이상하지 않느냔 말이죠. 실종자들 동선 겹치는 곳도 몇 군데 있고, 추적 수사가 충분히 진행되었는지도 의문이고요. 이게 처음부터 제가 맡았던 건이면 또 모를까.”

도경이 볼멘소리를 하며 눈앞에 있는 프린트를 가리켰다.

“그러니까 그게 다 검토 끝나고 온 거 아니냐 이 말이야. 그리고 그 뭐야, 저기 안남시에서도 실종 신고된 건들 대부분 해외 도피나 뭐 그런 거였다면서? 세진시에서만 한 해 실종자가 몇백 명도 아니고 몇천 명이다, 몇천 명.”

임 팀장은 언성을 높이며 가뜩이나 찌푸린 얼굴을 있는 힘껏 더 구겼다. 그 모습을 살피던 도경이 큼큼 목소리를 가다듬고 애써 말했다.

"그래서 조금만 더 들여다보려고 하잖아요, 여기 겹치는 장소 중에 수상한 곳도 있고."

도경이 손가락으로 가리킨 부분에는 '식물, 상점'이라고 적혀 있었다. 임 팀장은 슬쩍 들여다보다가 고개를 들어 도경을 향해 한숨을 쉬었다.

"그래, 네 말대로 실종자 중에 동선 겹치는 사람들, 그중에 일부가 여기 근처를 지났다 치자. 근데 그게 뭐?"

"아니, 겹치는 동선 있으면 확인하러 가봐야죠, 안 그래요?"

도경이 말을 마치자 임 팀장은 쯧 하는 소리를 내며 핸드폰을 꺼내 무언가를 찾아 도경의 눈앞에 들이밀었다. '식물, 상점'의 SNS 계정이었다.

"여기 나도 팔로잉하고 있단 말이지. 세진시 살면 적어도 한 번은 가본 적 있지 않나? 여기 때문에 세진시 놀러 오는 사람 많잖아. 지환아, 안 그러냐?"

임 팀장은 흥미로운 듯 이쪽을 주시하는 박 순경에게 물었다. 순식간에 얼어붙은 박 순경이 고개를 빳빳하게 세우고 임 팀장을 향해 답했다.

"어, 저도 여자친구가 가자고 해서 다녀온 적이 있

긴 합니다만."

"그치? 맞지? 차 형사, 이런 것도 좀 들여다보고 살라고. 나도 갔다 왔고, 박 순경도 갔다 왔다. 그만큼 유명하고 사람도 자주 다니는 곳이라는 말인데 당연히 다른 사람들도 동선 겹치지 않겠어?"

도경은 눈을 가늘게 뜨고 핸드폰을 들어 '식물, 상점'의 SNS 계정을 찾았다. 다양한 빛깔의 꽃을 피운 식물들과 평소 듣도 보도 못했던 식물들의 사진이 가득했다.

"그러니까 거긴 특별한 게 없다니까."

도경은 '식물, 상점'의 계정과 책상 위의 프린트를 번갈아 보다가 이내 본격적으로 상점 계정을 들여다보기 시작했다. 주인은 매일 정해진 시각에 포스팅을 하는 듯했고, 꽤 많은 '좋아요'를 확인할 수 있었다. 특별할 것 없는 일반적인 상점의 홍보 계정 같아 보였다.

무의식적으로 계속 스크롤을 내리던 도경은 작년 이맘때 올라온 바질과 민트를 찍은 포스팅에서 손을 멈췄다. 도경의 미간이 팍 구겨졌다. 다른 식물들은 몰라도 이것만은 정확히 기억하고 구분할 수 있었다.

족히 수십 번은 죽여봤던 식물이었기에.

식물이란 모름지기 씨앗부터지라는 이상한 강박관념 때문에 도경은 바질과 민트의 파종부터 시작했지만 한 달이 넘도록 두 화분에서는 싹이 올라오지 않았다. 물이 모자랐나 싶어 물을 듬뿍 주고 몇 주를 기다렸으나 도경을 맞이하는 건 곰팡이가 스멀스멀 올라오는 흙뿐이었다. 근처 꽃집에서 건강하게 자란 바질과 민트를 골라 데려와도 도경의 집 문턱만 넘으면 힘없이 쓰러져버리기 일쑤였다. 종일 들여다보는 게 부담이 될 수 있다는 말에 일부러 신경을 끊어보기도 했고, 꽃집에 직접 데려가 상담을 받고 흙갈이며 분갈이를 해서 돌아오기도 했지만 헛수고였다.

썩은 뿌리를 확인한 후 종량제 봉투에 흙과 함께 버리는 일이 얼마나 비일비재했던가. 까맣게 타버린 줄기나 흐물흐물해져 떨어지는 이파리들은 도경에게 여전히 선명하게 박혀 있었다. 도경은 인상을 잔뜩 쓰며 다시 '식물, 상점'의 사진을 들여다봤다. 무슨 방법을 써도 고개를 숙이고 처참하게 쓰러지던 식물들과 비교하면 이 사진 속의 바질과 애플민트는 그야말로 다른 세상에 사는 듯 보였다. 아니, 애초에 이렇게 잎이 풍성하게 달릴 수 있는 건가? 도경은 여러 사진을 꼼꼼히 살피며 혀를 내둘렀다. 온통 초록의 싱싱함으로 무장한 사진들을 보니 과거의 일이 떠올라 아까 먹은 점심이 얹히는 느낌이 들었다.

임 팀장은 거북한 표정을 짓고 앉아 있는 도경에게 말했다.

"왜, 뭐 이상한 거라도 있어?"

"아, 아뇨. 속이 좀 안 좋아서. 제가 풀 같은 걸 그다지 좋아하진 않거든요."

도경은 상점 주인이 공지로 올린 이메일 계정과 질문 안내를 빠르게 확인하고 핸드폰을 닫으며 말을 이었다.

"그러니까 인기가 많은 곳이라는 건 저도 아는데 아무래도 좀 이상해서 자꾸 들여다보게 된다고요. 사실 정확히 말하면 여기다, 이렇게 확실하진 않아요. 가깝진 않지만 시장도 있고, 또 그 동네에 CCTV가 많진 않고."

"방범용도?"

"네. 일반적인 거주 구역도 아니고 좀 외진 데라 그런 모양이에요. 도산구가 원래 세진시 끄트머리에 있잖아요."

쩝 하고 임 팀장이 입맛을 다시며 별수 없다는 듯 고개를 저었다.

"좋다 좋아, 다 좋긴 한데 할 일은 하면서 하자고. 언제 니가 내 말 들었냐 싶다만 이거 이번 주까지 다 처리해야 하는 거 알지?"

"……."

도경은 임 팀장의 말에 아무런 대답 없이 책상 위에 쌓인 프린트들을 노려보며 생각에 잠겼다. 맛집도 아니고, 독특하고 유명한 전시를 하는 것도 아니고, 심지어 세진시 끝자락에 자리한 작은 가게에 왜 사람들이 그렇게 열광하는 걸까.

도경은 조만간 '식물, 상점'에 한번 다녀와야겠다고 마음먹었다. 물론 팀장에겐 보고하지 않을 생각이고, 비번 때 다녀올 예정이었다. 무엇보다 이 평범한 이름을 가진 가게가 뭐가 그리 대단하기에 SNS에 젬병인 임 팀장의 손가락을 움직이게 했는지 그 이유가 사건에 대한 단서만큼이나 궁금했다.

○

민하가 '식물, 상점'에 도착했을 때는 점심시간 직후였다. 안팎으로 꽤 많은 사람이 구경하고 있어 민하는 적지 않게 당황했다. 하지만 오늘 같은 날이 다시 온다는 보장이 없었다. 마지막으로 얻은 기회나 다름없었다. 민하는 마당 한구석을 차지하고 있는 고양이들과 눈을 맞추며 가게 앞을 서성였다. 우물쭈물 서 있는 민하를 유희가 먼저 발견했다. 유희는 몇 주 전과 똑같은 교복을 입고 풀잎 키링을 달고 있는 민하를 안쪽으로 안내했다.

"그 리돕스는 살릴 수 없어요, 그건 알고 있죠?"

사람들이 모두 빠지고 둘만 남자 유희는 조용히 물었다. 민하는 선 채로 물끄러미 유희를 바라보다가 곧 고개를 숙였다.

눈가를 덮은 앞머리 때문에 제대로 확인할 수는 없어도 민하가 어떤 표정을 짓고 있는지 유희는 대충 알 것 같았다. 누가 리돕스를 그렇게 만들었는지 묻고 싶었지만 민하가 입을 열기까지 기다리기로 했다.

유희는 질문 대신 앞치마 주머니에 손을 넣고 휴대용 티슈를 만지작거렸다.

"아빠가…… 그만했으면 좋겠어요. 그리고……."

침묵을 지키던 민하가 빨갛게 충혈된 눈으로 유희를 향해 고개를 들었다.

"조금이라도…… 이 고통을…… 이해할 수 있다면……."

마음속에 응어리진 말을 뱉고 난 후 알 수 없는 감정이 울컥하고 터져 나왔다. 민하는 오래 참았던 눈물을 쏟아냈다. 발밑으로 떨어지는 눈물방울 사이사이로 누군가에게 소리 내어 하소연하지 못했던 수많은 시간을 토해내듯 격한 호흡이 채워졌다. 주먹을 꼭 쥔 채 교복 치마를 붙들고 있는 모습에 유희의 손이 어느새 민하의 어깨에 닿았다.

유희는 자리에 가만히 주저앉은 민하를 내려다보며 생각했다. 꼭 어른이 아니더라도 그 이야기를 들어주는 누군가가 있었으면 좋았을 텐데. 벽에 기대어 두 손으로 얼굴을 감싸 안는 민하의 손에 생긴 지 얼마 안 되어 보이는 상처가 여기저기 붙어 있었다. 민하의 전부를 알 수는 없지만 가장 중요한 기억은 공유하고 있지 않을까. 유희는 눈물범벅이 되어 올려다보는 민하에게 주머니 속에 접혀 있던 휴지를 건넸다.

민하가 얼굴을 닦고 정신을 차리는 사이 유희는 매장 구석에서 조그마한 연두색 열매 두 개를 가지고 돌아왔다. 민하는 유희의 손에 들린 것을 가만히 바라봤다. 덜 익은 망고 같기도 하고 설익은 토마토 같기도 한, 동그랗고 반질반질한 열매였다.

"아마 처음 보는 걸 거예요. 다른 나라에선 독특한 이름으로 불리는데, 꽤 여러 방면으로 이용되는 열매기도 하고요."

유희는 케르베라 오돌람 열매 하나를 장갑으로 꽁꽁 싸맨 민하의 손 위에 올렸다.

"이 열매가 필요한 사람에게는 더없이 잘 쓰이겠죠, 아마도."

유희는 열매를 뚫어져라 보는 민하를 앞에 두고 포장을 시작했다. 다른 어떤 화분보다 정교하게 공을 들여야 했다. 민하는 섬세하게 움직이는 유희의 손만 쳐다봤다.

"그래도 덕분에 이 열매가 자기 리를 찾았네요. 아, 꽃이 정말 예쁜데. 나중에 사진으로 보내줄게요."

꼼꼼히 싸맨 열매를 받아 가방에 넣는 민하에게 유희는 자신의 핸드폰을 내밀었다.

"메시지에 답장한 사람은 처음이에요. 이젠 계정 메시지 말고 그냥 문자나 전화로 연락해요."

유희의 핸드폰을 받아 든 민하는 여전히 눈물을 머금은 눈가를 어루만지며 고개를 끄덕였다.

지난번과 비슷한 시간에 귀가한 민하를 향해 이번에야말로 못된 버릇을 고쳐주겠다며 위협하는 아빠의 손찌검이 다시 시작되었지만 민하는 이전처럼 크게 몸을 움츠리지 않았다. 머리가 잔뜩 헝클어진 채 쓰러져 있는 엄마를 보며 민하는 양손으로 가방끈을 단단하게 쥐었다.

한바탕 소란이 끝나고 민하는 방으로 들어와 가방에서 열매를 꺼냈다. "그걸 방패라고 생각해요." 이 작은 열매는 먹을 수 있는 게 아니라고 했다. 그렇다면 신비한 힘이라도 든 걸까? 민하는 햇볕이 가장 잘 들어오는 창가에 올려두며 생각했다. 동그랗고 반질한 열매를 바라보고 있자니 어쩐지 욱신거리는 손목과 팔꿈치의 통증이 사라지는 것도 같았다.

열매는 밖에서 들어오는 가로등 불빛을 반사했다.

그 모습이 작은 무드등 같았다. 인터넷에서 본 망고나 파파야가 꼭 저렇게 생겼던가. 열매를 창가에 두니 방 전체에 은은한 향이 퍼지는 듯도 했다. 그날 민하는 오랜만에 악몽을 꾸지 않고 잤다.

그리고 일주일 후 학교에서 늦게 돌아온 민하는 난장판이 된 방을 마주했다. 서랍에 모아둔 얼마 되지 않는 돈이 사라지고 옷 정리함도 모두 열린 채 혀를 길게 빼물고 있었다. 창가에 소중하게 올려둔 열매도 감쪽같이 사라졌다. 도둑이 들었나 싶었지만 훌쩍이며 묵묵히 설거지를 하는 엄마의 뒷모습을 보면 범인은 아빠였다. 주기적으로 민하의 방을 뒤지곤 했으니 새삼스러울 건 없었다. 민하는 빈 창가에 시선을 고정했다. 혹시나 하는 마음에 집 안을 뒤지고 마당까지 확인했지만 어디에도 보이지 않았다.

그날 열매와 함께 콧노래를 부르며 자취를 감춘 민하의 아빠는 다시 집으로 돌아오지 못했다. 식물은 자신이 뺀을 방향을 정확히 알고 있다는 유희의 말이 민하의 머릿속에서 오래도록 울렸다.

○

세진시 도산구 서마을로 112길 3. 도경은 버스에 올라 메모장에 저장해둔 주소를 지도 앱에 붙여 넣고 새로고침 했다.

사실 지푸라기라도 잡는 심정이 앞섰다고 해야 맞을 것이다. 사건은 당연히 아무런 진전이 없었다. 임 팀장은 중요하지 않은 사건에 너무 목을 맨다면서 매일 잔소리를 했고, 팀 내의 그 누구도 도경과 뜻을 같이하는 사람은 없었다. 오히려 세진시의 실종자 통계를 이야기하며 나무를 보지 말고 숲을 보라고 고까운 눈빛을 보냈다. 그때마다 도경은 입으로는 알겠다고 답하면서도 머리로는 다른 생각을 했다. 그냥 넘어갈 수 없는 몇 가지 의문이 도경을 계속 짓눌렀다. 도산구와 관련이 전혀 없던 그들은 왜 도산구에서 사라졌나. 도산구가 최종 목적지인지 아닌지는 판단할 수 없지만 충분히 수상한 일이 아닌가. 세진시 도산구를 마지막으로 자취를 감춘 실종자들의 흔적이 남은 몇몇 공원과 마트 등은 모두 방문했다. 단 한 곳, '식물, 상점'을 제외하고는 말이다.

간만에 비번이었지만 버스 정류장에 드러누워 고성방가를 하던 취객으로 진땀을 뺀 아침이었다. 한바탕 소란을 잡고 나서야 도산시장행 버스에 올랐다. 그나마 목적지 근처까지 한 번에 가는 버스가 있어 다행이랄까. 도경은 나른한 기운을 느끼며 버스 유리창에 머리를 기댔다. 버스 기사가 틀어놓은 라디오 소리가 귓가에 닿았다.

"……그런가 하면 최근에 원인을 알 수 없는 집단 중독 사건이 늘고 있다고 합니다. 김 기자님, 최근에도 사건이 하나 있지 않았습니까?"

"네, 맞습니다. 남인시 풍화면에서 일어난 사건인데요, 40대 남성 세 명이 연달아 사망하는 일이 있었죠. 세 사람 모두 복통을 호소하며 병원을 찾았다고 하는데 그대로 급성 심근경색으로 이어졌다고 합니다."

"복통이라고요. 최근 불거지는 마약 관련 문제였나요?"

"그건 아닙니다. 정확히 무엇이 원인이라고 말할 수는 없지만 우선 중독사라고 판단했는데요. 이들이

나눠 먹은 과실주가 원인으로 보입니다."

"인적이 드물고 산이 밀접한 시골에서는 먹을 수 있는 것과 먹지 말아야 하는 걸 구분하기 힘든 법이죠? 뱀술 같은 거 잘못 먹으면 죽기도 하고요."

"네, 맞습니다. 농장 등지에는 농약 사고도 워낙 많고요. 최근 독성을 가진 온실 식물들을 잘못 섭취하는 사고 또한 많아졌습니다. 남아시아에는 '자살나무'라고 해서 죽기 위해 열매를 섭취하는 그런 독특한 나무가 있는데요, 이번 사고에서 그와 유사한 성분이 검출되었다고 합니다. 그런가 하면 이 사건 때문에 의외의 사실이 밝혀지기도 했습니다. 바로 불법 투기장 운영인데요……."

라디오 진행자와 패널이 만담하듯 진행하는 이야기가 버스 내에 울렸다. 늘어져 있던 도경은 사망 사건에 대해 자세하게 설명하는 패널의 목소리를 들으며 자세를 바로잡았다. 세진시에서는 좀처럼 일어나지 않는 사건이기에 관심이 더 생기기도 했다. 요즘 세상에도 저런 사람들이 있나 싶으면서도 중독 사건과 사망 사건에서 그치지 않고 다른 범죄가 줄줄이 밝혀지는 건 참 '웃픈' 일이라는 생각이 들었다. 한편

으론 인간에게 치명적인 수준의 중독을 일으키는 과일이나 채소 같은 게 있다는 사실에 놀랐다. 반사적으로 도경의 머릿속에 '식물, 상점' 계정의 무수한 식물 사진들이 떠올랐다. 거기서도 저런 식물을 취급할까? 멍한 눈으로 창밖을 바라보며 방송을 듣던 도경은 도산시장역 안내 방송을 듣고 피곤한 눈을 끔벅이며 일어나 벨을 눌렀다.

유희는 매장의 식물들을 꼼꼼하게 살핀 후 블라인드를 걷고 창을 활짝 열었다. 오랜만에 미세먼지가 거의 없는 날이었다. 매장 뒤편 저 멀리 산꼭대기가 선명하게 보였다. 평소에 환기할 일이 잘 없는 다락과 온실까지 모두 말끔히 청소하기에도 좋은 날이었다.

블라인드를 모두 걷자 상점 내부가 환해졌다. 해가 뜨는 시간은 점점 늦어지고 있었다. 아마 본격적인 겨울이 시작되면 이만큼의 일조량을 받는 날도 흔치 않을 것이다. 유희는 사방에서 몰려오는 신선한 공기에 도취해 있었다.

매장에 있는 사람들은 빛이 바뀐 상점 내부를 바라보며 즐거워했다. 카메라를 다시 꺼내 어딘가를 찍기도 했다. 유희는 두르고 있던 초록색 앞치마를 곱게 접어 테이블 위에 올려두고 거름을 다루는 거친 일을 할 때 입는 감색의 빳빳한 앞치마를 둘렀다.

오전에 민하와 주고받은 대화가 계속 떠올랐다. 집 대문을 드나들 때 남인시를 벗어나 다른 도시로 외출할 때 눈치를 살피며 팔의 상처를 훑지 않게 되었단다. 민하는 성인이 되면 남인시를 떠날 거라고 말했다. 이젠 어디든 갈 수 있다며 고개를 격하게 끄덕이는 토끼 얼굴 여러 개를 메시지 창에 띄웠다. 유희는 핸드폰에 저장해두었던 사진을 민하에게 전송했다. 하얀색과 자주색이 오묘하게 어우러진 열매의 꽃, 유희가 약속했던 케르베라 오돌람의 꽃 사진이었다.

꽃이 지고 열매가 달리는 건 자연스러운 순리지만 오돌람의 꽃을 실제로 보는 일은 흔하지 않기에 유희는 꽃이 피고 지는 모든 순간을 공들여 저장했다. 올해 수명은 다했고 내년에 발화가 될지, 열매가 맺힐지는 알 수 없다. 다만 기대해볼 뿐이다.

유희는 빳빳하게 굳은 감색 앞치마를 구깃구깃하며 손으로 비볐다. 마당 정리에는 족히 반나절이 소모될 테니 매장이 한가한 틈을 타 바쁘게 움직여야 했다. 필요한 게 있으면 부르라고 사람들에게 안내한 후 유희는 가게 계단 옆에 비스듬히 기대놓은 네모난 흑색 삽을 들고 간이 창고로 향했다.

지도 앱을 보며 두리번거리던 도경은 가게 앞 마당에서 걸음을 멈췄다. 간판은 보이지 않지만 분명 이곳이 맞는 것 같았다. 도경은 머리를 긁적이며 마당에 우두커니 선 채로 곳곳을 둘러봤다. 가지런히 심은 나무와 볕이 잘 드는 곳에 엎드려 있는 고양이 두 마리. 상점의 통유리 너머에는 고객인 듯한 사람들이 보였다. 도경은 바닥에 놓인 야자 매트를 따라 곧장 문 쪽으로 이동했다.

그때 창고에서 모종삽 더미를 들고 나온 유희와 눈이 마주쳤다. 양손에 삽을 들고 선 유희의 모습에 도경은 흠칫 놀랐지만 곧 고개를 가볍게 숙였다. 유희는 도경을 유심히 바라보며 흑색 삽과 모종삽 더미를 발밑에 내려놓았다. 잘그락거리며 삽이 겹치는 소리가 잠시 마당에 내려앉았다. 도경은 야자 매트 위에서 두 손을 가지런히 모은 채였다.

“찾으시는 게 있나요?”

아무 목적 없이 혼자 매장을 찾아온 남자는 오랜만이었다. 유희는 예의 생긋한 미소를 지으며 도경을 향해 다가갔다.

현호색

일요일 늦은 저녁 유희는 가게 유리창의 블라인드를 길게 내려두고 분주하게 정리를 하고 있었다. 주말 오전부터 내린 싸락눈으로 바닥은 잿빛 발자국을 고스란히 머금고 있었다. 영업 중에도 대걸레를 들고 노심초사 바닥을 살폈지만 갑자기 영하로 떨어진 기온 때문에 식물들을 더욱 신경 써야 했기에 마음 가는 대로 쉽게 몸을 움직일 수 없었다.

척척한 걸레를 든 유희는 가장 거슬리던 구석 바닥부터 꼼꼼하게 닦았다. 다음 날이 휴일이니 좀 더 여유를 부려도 되었다. 하지만 눈에 거슬리는 건 뭐든 빨리 해치워야 했다. 특히 이틀 동안 마음속으로 앓는 소리를 내며 내버려둔 모서리의 눈먼지를 더 이상 방치할 수 없었다. 옅은 회색을 띤 대걸레 끝에 금세 잿빛 먼지가 올라붙었다. 금세 원래의 색을 되찾아 반짝이는 바닥을 바라보며 유희의 입가에 슬며시 미소가 번졌다.

다시 양손에 힘을 주며 바닥을 긁어내듯 닦으려는데 가게 문이 벌컥 열리며 작은 종이 요란하게 울렸다. 하. 유희의 입에서 짧은 탄식이 터져 나왔다. 문을 잠그지 않은 게 실수였다. 유희가 얼굴을 찡그렸다. 힘을 잔뜩 준 손이 맥없이 풀렸다.

유희는 잔뜩 찌푸린 표정을 풀고 예의 미소와 함께 돌아서 영업이 끝났음을 차분하게 알리려 했다. 하지만 문가에 선 사람이 유희보다 먼저 이쪽을 향해 외쳤다.

"여기, 거기 맞죠?"

날카롭고 다급한 여자 목소리였다. 유희는 아주 천천히 고개를 돌려 목소리의 주인을 확인했다. 부스스한 긴 머리에 얇은 재킷과 청바지, 날씨에 맞지 않는 가벼운 옷차림이었다. 운동화에는 까만 흙 같은 것이 덕지덕지 묻어 있었다. 비스듬하게 걸쳐 멘 진회색 가방이 살짝 젖은 걸 보니 싸락눈은 아직 그치지 않은 모양이었다.

"여기 그거 하는 곳 맞죠?"

유희가 답을 고르는 사이 여자는 유희와 눈을 맞

추며 다시 물었다. 무슨 말인지 바로 이해되지 않았다. 무얼 구매하고 싶은 걸까? 어느 쪽으로 생각해봐도 숨을 헐떡이며 매장 안으로 쏟아지다시피 황급히 들어온 여자의 표정을 읽을 수 없었다.

유희는 슬쩍 시계를 바라봤다. 어느새 9시가 조금 넘었다. 지금 손님을 받으면 막 시작한 청소를 제대로 마치지 못할 게 분명했다. 약속을 잡고 돌려보내자. 유희는 여자 쪽으로 한 걸음 더 다가가며 말했다.

"상점 계정을 보고 오셨나요? 그런데 오늘은 영업이 종료되었고, 내일은 휴무거든요. 혹시 모레 다시 오실 수 있다면 예약 시간을 잡아드릴……."

"사람……."

불안한 눈빛으로 여자가 돌연 유희의 말을 끊었다.

"죽……여주는 곳 맞죠, 여기. 그죠?"

여자는 덜덜 떨리는 손으로 블라인드 틈을 벌려 바깥을 확인했다. 유희는 벌린 입을 굳게 닫았다. 여자의 말을 두 번 곱씹고 나서야 유희는 여자가 상점에 들이닥치자마자 뱉은 말이 무슨 뜻인지를 알았다. 찜찜하지만 청소는 하루 더 미뤄야 할 듯했다.

상점에 들어와 다짜고짜 이렇게 묻는 사람은 처음

이었다. 유희는 천천히 다가가 여자가 꽉 쥐고 있는 가방을 매장 안쪽으로 슬며시 끌었다. 문가에 기대어 있던 여자도 자석처럼 유희가 이끄는 방향으로 끌려왔다. 문가의 종이 다시 호들호들 울렸다. 문을 열고 매장 밖을 확인했지만 아무도 없었다. 유희는 문을 굳게 잠그고 블라인드가 모두 잘 내려졌는지 확인하기 위해 창가 언저리를 길게 훑었다.

여자는 유희가 안내한 자리에 그대로 서서 바닥을 내려다봤다. 유희는 무슨 말을 먼저 꺼내는 게 좋을지 잠시 고민하다가 여자를 안심시키는 일이 우선이라는 생각이 들었다.

"밖에는 아무도 없어요. 여긴 괜찮아요."

유희는 구석에서 작은 의자를 꺼내 여자에게 건넸다. 여자는 가방을 바닥에 내려놓고 의자에 앉았다. 유희가 다 젖은 가방에 시선을 고정한 채 다시 입을 열었다.

"물이라도 좀 드릴까요?"

여자는 말없이 고개를 끄덕였다. '물'이라는 단어를 듣고 나니 갑자기 목이 말랐다. 긴장이 풀리자 그제야 발목 부근의 통증이 느껴졌다. 역에서부터 허겁

지겁 뛰어오다가 빙판을 피하지 못하고 넘어졌을 때 살짝 접질린 모양이었다. 흙탕물이 잔뜩 묻은 운동화도 눈에 들어왔다. 이내 발목부터 종아리를 지나 허벅지까지 추위가 확 올라왔다.

유희는 구석에 놓인 난로를 가까이 끌고 왔다. 여자는 반사적으로 난로를 향해 손을 쭉 뻗었다. 온기가 손바닥을 덥히자 갑자기 눈물이 핑 돌았다. 하지만 낯선 사람 앞에서 펑펑 울 수는 없었다. 혹시라도 잘못 찾아온 거면 어쩌지 하는 불안감이 슬며시 고개를 들었다. 여자는 유희의 눈치를 살폈다.

“제, 제가…….”

다시 한번 결심을 굳힌 여자가 입을 열었지만 순간적으로 튀어나온 기침 때문에 여러 번 목을 가다듬어야 했다. 여자는 주머니에서 핸드폰을 꺼내 사진 한 장을 화면에 띄웠다.

“……죽을 것 같아요.”

말을 마친 여자는 참았던 울음을 터뜨렸다. 유희는 여자가 건넨 핸드폰 속 사진을 가만히 들여다봤다. 사진에는 20대 중반, 많아 봐야 20대 후반 정도로 보이는 남자가 후드를 뒤집어쓰고 있었다. 놀란 듯한 얼굴로 정면을 바라보는 사진이었다. 짧은 앞머리에 웃는지 우는지 잘 판단이 되지 않는 기묘한 표정. 그에 반해 거리에서 흔히 볼 법한 외모나 차림새는 특별할 게 없었다.

"캣피라고 아세요?"

여자는 콧물을 훌쩍이며 유희에게 물었다. 캣피? 기억이 날 듯 말 듯 했다. 스치듯이 인터넷에서 본 단어 같기도 했다. 어디서 보았는지 혹은 누구에게 들었는지 정확히는 기억이 나지 않았다. 유희는 눈을 가늘게 뜨고 '캣피'라는 단어를 머릿속에서 굴렸다.

"강인구 길고양이 사건…… 들어보셨죠?"

여자의 말을 듣자마자 유희는 '캣피'의 출처를 금세 떠올렸다. 몇 달 전 강인구에서 일어난 길고양이 학대 사건은 공중파 뉴스에도 보도될 만큼 이목을 끌었다. 길고양이 여러 마리와 비둘기가 잔인하게 살해당했고, 동물 보호 활동가들이 현장을 다니며 경찰과 협력해 범인을 추적했다. 노력 끝에 범인이 잡혔다는 소식까지는 들은 것 같았다. 수많은 사람의 공분을 산 사건이었는데 그 끝이 어떻게 되었는지는 제대로 보도되지 않았다.

그 사건의 범인으로 지목된 사람의 활동명이 '캣피'였다. 일부러 길고양이 커뮤니티에 들어가 정보를 모으고 길고양이 급식소와 물그릇이 놓인 곳을 고른 것 같다는 추측이 있었다.

"이 사람이 캣피예요. 그리고 저는……."

여자는 목을 한 번 더 가다듬고 작은 목소리로 속삭이듯 말했다.

"이 사건의 제보자예요."

○

수지는 그날 이후 단 하루도 악몽을 꾸지 않은 날이 없다. 만일 그 앞을 지나가지 않았더라면, 만일 그 시간에 쓰레기를 버리지 않았더라면, 만일 그때 얼굴을 완전히 가린 채였다면……. 머릿속에서 수많은 '만약'이 꼬리에 꼬리를 물고 떠올랐지만 그런 생각을 아무리 이어도 과거를 바꿀 수는 없었다. 끊임없이 이어지던 피해를 잠시나마 막았다는 사실에 안심하면서도 만일 그날 다른 선택을 했다면 어땠을까 하는 양가감정이 끊임없이 수지를 괴롭혔다.

시작은 강인아파트 화단에서였다. 일주일이나 지속된 장마가 끝난 직후 비둘기 사체 두 구가 강인아파트 2동 화단에서 발견되었다. 누군가 일부러 그곳에 가져다 둔 듯 곱게 누워 있는 모양새였는데 아파트 주민들 누구도 그 일에 대해 깊게 생각하지 않았다. 오랜 장마로 전염병이 돌아 죽었거나 수명이 다한 비둘기 두 마리가 어쩌다 보니 그곳에서 생을 마감했겠거니 여겼다. 오래 방치하면 부패가 진행될 터라 아파트 경비원은 사체를 발견하자마자 치우고 화단을 말끔히 청소했다. 혹시 몰라 화단 여기저기에 소독제를 뿌려두었으니 화단 부근으로 반려견 산책이나 어린아이 접근을 금한다는 공지가 붙었다. 이내 비둘기의 죽음은 완전히 잊혔다.

작은 소동이 사람들의 기억 속에서 사라질 무렵 다른 사건이 발생했다. 길고양이의 사체가 발견된 것이다. 이번에도 2동 화단이었고, 길고양이는 마치 누군가 전시라도 하듯 화단 중앙에 반듯하게 누워 있었다. 강인아파트에 거주하는 사람이라면 한두 번 마주한 적이 있을 정도로 주민들에게 익숙한 고양이였다. 평소 밥이나 물을 챙기던 사람들은 깊게 슬퍼했지만 그걸 고의적인 살해라고 생각하는 사람은 아무도 없었다. 그저 반듯하게 누워 있는 고양이의 모습이 조금 기이하다고 생각했을 뿐이었다. 길거리의 동물들은 종종 돌연사하곤 하니까. 앞서 화단에서 죽음을 맞이한 비둘기처럼 말이다.

그런데 그 이후 강인구 여기저기서 길고양이의 사체가 발견되는 일이 잦아졌다. 강인구는 구청에서 길고양이 중성화와 급식소 사업을 진행했고, 동물권을 두루 살핀다는 이미지로 정평이 난 동네였다. 길고양이를 돌보는 캣맘, 캣대디도 많고 그들의 커뮤니티도 제법 크게 활성화되어 있었다. 고양이를 좋아하지만 동물을 반려할 여건이 충족되지 않았다고 스스로 다독이던 수지는 입양을 고려하는 대신 커뮤니티에 가입해 정기적으로 동네 고양이들을 돌보았다. 다른 구에 비해 안정적이고 안전하다고 소문이 난 곳에서 길고양이 사망 사건이 연달아 일어나자 커뮤니티는 한순간에 발칵 뒤집혔다.

문제는 고양이들의 사체가 전부 극도로 손상된 점이었다. 털이 심하게 빠지거나 다리나 꼬리가 부러진 경우도 많았고, 장기가 드러날 정도로 처참한 사체도 있었다. 사체들은 모두 누군가에게 경고나 과시를 하려는 듯 사람들의 왕래가 많은 장소에 놓여 있었다. 강인구에 거점을 둔 동물보호단체가 경찰과 함께 수사에 착수했고, 이 사건은 강인구 내 커뮤니티를 포함해 동물과 관련된 다수 커뮤니티에서 삽시간에 아주 중요한 화두로 떠올랐다. 그러나 범인의 행방은 묘연했고 경찰은 단서를 찾지 못한 채 사건은 계속 발생했다.

그날도 많은 사람이 커뮤니티에서 학대범에 관한 이런저런 정보를 공유하고 있었다. 벌써 몇 주 동안 잔인하게 학대 살해된 고양이들 사진을 여러 번 곱씹었기에 커뮤니티 자체도 급속히 피로해진 상황이었다. 수지는 출퇴근길, 특히 퇴근길에 더 신경 써서 강인아파트 근처의 길고양이들을 돌보았다. 아파트 입구 바로 옆 급식소의 그릇도 한 번씩 살피며 누군가 이물질을 넣진 않았는지, 물은 충분한지 등을 꼼꼼하게 확인했다.

고양이들이 머무는 자리를 세심하게 살피고 돌아와 자려고 누웠을 때, 수지는 쓰레기를 버리지 않았다는 사실을 떠올렸다. 그냥 자버릴까도 싶었지만 종량제 쓰레기를 내놓는 날은 정해져 있었고 오늘이 아니면 또 며칠을 기다려야 한다는 사실에 굴복하여 무거운 몸을 가까스로 일으켰다. 옷을 다시 주섬주섬 입고 쓰레기봉투를 들고서 느릿느릿 집을 나섰다. 그리고 쓰레기를 버리고 돌아오는 길에, 그 장면을 목격했다.

검은 형체가 가로등 불빛이 닿지 않는 화단 끄트머리에 있었다. 처음에는 어두운색 고양이 몇 마리가 웅크리고 있다고 생각해 지나치려 했다. 하지만 여린 비명이 짧게 두 번 들려왔고, 수지는 소리가 나는 곳으로 고개를 돌렸다. 고양이 울음소리가 이상한 소리로 변하여 수지의 귓가에 날아와 꽂혔다. 수지는 앞뒤를 생각할 겨를도 없이 성큼성큼 소리가 나는 곳으로 걸음을 옮겼다. 그 자리엔 검은색 후드를 뒤집어쓴 남자가 아주 작은 고양이를 들고 무언가를 하고 있었다.

그가 무슨 행동을 하는지 깨닫기까지는 그리 오래 걸리지 않았다. 수지는 입을 틀어막으며 덜덜 떨리는 손으로 핸드폰을 꺼냈다. 카메라 앱을 열고 촬영 버튼을 누르는 순간 미처 꺼두지 못한 플래시가 터지는 바람에 남자가 수지 쪽으로 휙 고개를 돌렸다.

"그날부터 며칠 동안을 무슨 정신으로 보냈는지 모르겠어요."

수지는 핸드폰을 손바닥 안에서 빙빙 돌리며 말했다. 유희는 그제야 수지가 건넨 사진 속 남자가 왜 그렇게 기이한 표정이었는지 이해가 되었다.

"그럼 그때 잡힌 게 아니었나요?"

"아…… 아뇨, 잡히긴 잡혔어요. 그때 그 남자를 바로 경찰에 제보해서 결국 수사가 들어가긴 했죠. 어쨌든 사건 현장이었으니까요. 근데 문제는 그다음이었죠."

남자가 범인으로 지목되고 경찰에서 조사를 받는다는 정보를 동물 보호 단체 활동가와 커뮤니티 회원들을 통해 들으며 수지는 모든 게 끝났다고 생각했다. 그걸로 두 달이 넘도록 많은 사람이 눈살을 찌푸리며 불편해하고 누군가는 공포에 떨던 학대 살해 사건이 마침내 종결되었다고.

"그 남자가 커뮤니티에서 '캣피'라는 닉네임으로 활동하던 사람이라는 걸 알고 모두 경악했죠. 세상에 그런 몹쓸 놈이 있느냐며 저마다 욕을 했고……. 워낙 공분을 산 사건이라 결과도 좋을 줄 알았는데……."

유희는 수지가 침묵한 사이 핸드폰을 열어 오랜만에 길고양이 학대 사건을 검색했다. 커뮤니티나 블로그에 올라온 자극적인 사진들 사이로 조그맣게 이 사건의 최종 판결에 관한 내용이 이어졌다. 유희의 시선이 '솜방망이 처벌'이라는 문구에서 멈췄다.

"……벌금 50만 원. 그게 전부였어요."

차분하게 사건에 대해 설명하던 수지는 이내 분노를 드러내며 목소리를 가늘게 떨었다. 수지는 턱까지 차오른 숨을 고르려고 노력하며 의도적으로 길게 심호흡했다.

"말씀드렸지만 여기는 안전하니까 괜찮아요."

유희의 말이 끝나자마자 수지는 또 눈물을 글썽였다.

"그때 신고를 하지 말았어야 했나 봐요. 아니지, 신고를 안 했다면 죄 없는 고양이들이 또 무더기로 죽었겠죠. 계속해서 고양이들이……."

혼란스러운 듯 자리에 주저앉아 있는 수지를 한번 살핀 후 유희는 창과 문을 다시 길게 훑었다. 얼마 전 방문했던 형사가 잠시 스쳤다. 차도경이라고 했던가.

"저는…… 제보를 한 이후로 계속 캣피에게 쫓기

고 있거든요. 그 남자 얼굴은…… 몇몇 사람들밖에 몰라요. 그리고 그 사람이 저랑 같은 아파트에 산다는 건…… 제보 후에야 알았어요. 경찰에 요청도 했지만……."

수지는 고개를 다시 무릎에 깊이 파묻었다. 유희의 인상이 팍 구겨졌다.

"아무런 소용이 없었나 보네요."

"……."

유희는 작게 한숨을 내쉬었다. 그제야 바깥 날씨와 맞지 않는 수지의 옷차림과 커다란 백팩이 이해가 되었다.

"직접적인 피해가 없지 않으냐는 말만 반복하더라고요. 그럼 제가…… 제가 이렇게 힘든 건 피해가 아니라 뭔데요."

경찰에 접근 금지 명령 신청을 여러 번 하고 직접 담당 경찰서를 찾아가 자초지종을 설명하기도 했지만 돌아오는 답은 "물질적 피해가 없다"라는 말뿐이었다. 시종일관 수지를 따라다니며 압박했지만 캣피가 하는 말이나 행동은 수지만 알아챘을 뿐 동네 CCTV 어디에서도 제대로 포착되지 않았다. 주거 침입이나 폭행 같은 범죄 이력이 없고 경찰 조사에도 매우 협조적이었기에 그를 다른 유형의 범죄자 취급할 수는 없다는 답이 매번 돌아왔다. 캣피가 앙심을 품고 스토킹한다는 호소에도 두 사람은 같은 아파트에 살지 않느냐, 주민끼리 잘 해결해보라는 답답한 말만 반복되었다.

마른 목소리로 이야기를 이어가던 수지가 돌연 고개를 번쩍 들고 창 쪽을 바라봤다.

"여기도 고양이들이 자주 찾아오죠? 지난번에 지나가면서 봤거든요. 마당에 여러 마리 앉아 있는 거요."

"네, 고양이들 자주 오죠. 낮에는 근처 고양이들 대부분이 여기 와서 쉬는 것 같아요."

"하아."

수지는 얼굴을 일그러뜨린 채 다시 눈물을 글썽였다.

"제가, 제가 괜히 찾아왔나 봐요. 분명히 그 새끼가 여기 올 텐데, 그러면 고양이들이 위험해지잖아요, 아까도 분명……."

수지는 다시 그 장면을 떠올렸다. 어둠 속에서 뚜

렷하게 보이던 손짓과 아주 희미하지만 강렬하게 귓가를 자극하던 울음소리, 핸드폰 플래시가 터지는 순간 고개를 돌려 바라보던 남자. 남자가 몸을 움직이자 설마 싶은 상황이 현실이 되던 순간, 사진에는 남지 않은 사진 밖의 기억들. 그 뒤로 수지는 길거리에서 고양이들을 만나면 몸이 움츠러졌다. 영영 지울 수 없는 상처가 마음속에 깊게 자리한 것만 같았다. 수지는 눈물을 뚝뚝 흘리며 양손으로 머리카락을 쥐어뜯었다.

"그렇게 되지 않을 거예요."

유희는 갈 곳을 모른 채 허공에서 바삐 움직이는 수지의 팔을 힘주어 잡았다. 눈물범벅이 된 수지가 멍한 표정으로 유희를 바라봤다.

"절대로요."

유희는 단호한 눈빛으로 수지를 바라봤다. 수지는 목구멍에 걸려 있던 눈물과 콧물을 삼켰다.

지금처럼 사람들의 발길이 잦지 않았을 때, 홀로 외로운 이곳에 사람 대신 길고양이가 하나둘 모여들던 시기가 있었다. 그때만 해도 동물에 대해 전혀 몰랐던 유희는 호기심이 가득한 고양이들의 눈빛을 바라만 보고 있었다. 인적이 뜸한 이 골목에서 종일 분주하게 움직이는 유희가 궁금해서였는지 혹은 그저 먹을 것을 찾으러 오는 건지 그 의도를 분명히 알 수 없지만, 어쨌든 유희는 가게 근처를 배회하는 고양이들이 싫지 않았다. 식물과 다르게 확실하고 즉각적으로 자기 감정을 드러내는 동물은 언제나 유희에게 신비하고 어려운 대상이었을 뿐이다.

어린 시절 길거리에서 강아지나 고양이를 자주 보고 꽤 많은 친구가 햄스터나 금붕어, 앵무새 같은 소동물을 키웠지만 유희는 동물을 가까이해보고 싶다는 생각을 한 적이 단 한 번도 없었다. 어린 유희에게 동물은 친근한 대상이기 이전에 한없이 약자였기 때문이다. 그런 기억을 심어준 건 학급에서 소위 '잘나간다'라는 말로 평가되던 남자아이들, 언제나 폭풍처럼 소소한 사건을 몰고 다니던 무리 때문이었다.

그 아이들은 항상 무언가를 과시하지 못해 안달이 난 상태였다. 내가 이만큼 힘이 넘치고 이만큼 멋지며 대단하다는 걸 온몸으로 표출하고 싶어 하는 듯했다. 운동장 어귀에 핀 꽃이나 나무에 생채기를 내는 것으로 부족했던 아이들은 개미나 달팽이, 개구리 같은 작은 것들을 있는 힘껏 짓밟았다. 학교를 따라 길게 둘러 있는 자주색 보도블록 곳곳에 그 흔적을 남겨놓았다. 모두가 볼 수 있도록 말이다.

도망갈 방법을 찾는 듯 눈을 굴리던 손바닥보다 작은 갈색 개구리 위로 거침없이 점프하던 남자아이들의 눈빛과 표정이 아직 기억에 생생했다. 자신들이 만든 자국을 마치 영광의 상패처럼 바라보며 일부러 큰 소리로 웃고 떠드는 작은 입들. 어느 순간 그들은 작은 동물을 향해 던지던 돌을 쥐고 이쪽을 바라봤다. 남자애들의 작은 입과 손이 정확히 유희를 겨냥하기 시작한 순간, 자신이 남긴 흔적을 자랑스럽게 바라보던 그 눈빛을 유희는 잊지 못했다.

"집으로 다시 돌아가진 않으실 거죠?"

"네. 적어도……."

"적어도 그 사람이 사라지기 전까진 말이죠."

유희의 말에 수지는 말없이 고개를 끄덕였다. 유희는 눈을 가늘게 뜨고 난로를 응시하다가 곧 테이블 앞으로 자리를 옮겼다. 테이블 위에 놓인 탁상 달력을 들여다봤다.

"더 추워져서 땅이 완전히 얼기 전에 해야겠네요.

마침 미뤄둔 일도 있거든요."

유희는 앞치마를 벗어 곱게 접은 후 테이블에 천천히 내려놓았다. 테이블 아래 서랍을 열어 조그마한 와인색 노트를 펼쳤다. 커뮤니티 이야기와 주소, 닉네임 캣피의 진짜 이름을 노트에 적어 내려가다 갑자기 눈을 동그랗게 뜨고 수지에게 말했다.

"역시 같은 방법이 좋겠죠?"

유희의 질문을 이해하지 못해 수지는 어리둥절한 표정으로 곱씹었다. 유희는 딱히 답을 바란 건 아니었다는 듯한 눈빛을 보내왔다.

○

떨떠름한 얼굴로 데스크톱 화면을 바라보던 도경은 한숨을 푹 쉬었다. 두 달에 한 번꼴로 접수되던 실종 사건은 겨울이 되자 뜸해졌다. 도경에게 할당된 사건은 임 팀장의 독촉 아래 모두 미제 사건으로 결론 내려졌다. 경찰에 신고한 가족들을 만나고, 실종자와 관계가 깊던 사람들도 차례로 만났지만 이렇다 할 중요한 실마리는 역시 없었다. 그보다 흥미로운 건 탐문 수사 과정에서 드러난 실종자들의 평판이었다. 그중에 잠시 연락이 닿았던 실종자 김성민의 전 여자친구는 김성민 때문에 정신건강의학과를 전전했다는 이야기를 나지막이 털어놓았다. 다른 실종자들도 대부분 비슷했다. 가족이나 직장 동료, 지인을 찾아가 실종자에 대해 물으면 모두 눈살을 찌푸렸다. 어디 외국이라도 갔나 보죠, 뭐. 누구 하나 실종자를 두둔하고 나서는 사람은 없었다.

도경은 책상 앞에 앉아 오른손으로 두어 번 볼펜을 굴렸다. 앞에 놓인 종이에는 그간 세진시 방문을 끝으로 사라진 남자들의 이름이 있었다. 도경은 이들이 방문했거나 방문한 것으로 추정되는 장소들을 파란색 네임펜으로 적어 목록을 추렸다. 대형 마트, 편의점, 지하철역과 버스 정류장, 그리고 식물 가게. 도경은 미간을 구기며 큼지막한 꼬리표를 달아 유희의 이름을 적었다.

"최유희."

최유희는 실종 사건과 관련이 없을 수 없다. 그게 도경이 몇 개월간 탐문한 끝에 내린 결론이었다. 실종자 모두가 이 가게를 다녀갔는지는 확실하지 않지만 적어도 지인들은 다녀간 것이 분명하다. 만에 하나 직접적인 연관이 없다고 해도 최유희는 사라진 사람들의 얼굴을 알지 않을까?

도경은 불쑥 찾아간 가게 앞에서 마주한 유희의 모습을 다시 복기했다. 해사한 얼굴로 커다란 자루를 쥐고 있던 여자. 당연히 그날 얻은 소득은 없었다. 실종자들의 사진을 연달아 보여줬지만 최유희는 전혀 모른다는 표정이었고, 그러면서 이곳에 들르는 사람이 워낙 많다는 말을 보탰다. 한 손에는 길고 커다란 삽을 들고 흙이 잔뜩 묻은 진녹색 앞치마 차림으로 꼿꼿이 서 있던 최유희의 표정과 말투와 외모를 떠올렸다. 약간 낮지만 정확하게 꽂히는 발음. 가게를 운영하기 전에는 무슨 일을 했을까? 가게는 무슨 연유로 유명해진 걸까?

임 팀장의 말마따나 '식물, 상점'에 방문하고자 일부러 세진시 끄트머리에 있는 도산구를 찾는 사람이 많고, 세진시에서도 이 가게를 모르는 사람은 거의 없어 보였다. 도경은 이곳의 인기와 최유희라는 가게 운영자가 가진 분위기가 비례한다는 생각을 지울 수 없었다. 식물을 구경하고 여기저기 사진을 찍어대는 사람들로 문전성시를 이루던 가게 안에서도 그 사람은 아주 빛이 나는 듯했다. 뭐랄까, 외딴 숲에서 외부와 단절된 채 자신만의 터를 이루고 사는, 뭐 그런 환상 속의 인간이나 동물 같은 느낌이 난다고 해야 할까.

"어어, 차 형사님, 웬 화분이에요?"

어깨 너머로 박 순경의 목소리가 들려와 도경은 사건에 대한 단서들을 휘갈긴 종이 끄트머리를 확 구겼다.

"그렇게 됐어요."

어색하게 웃는 도경의 표정에 박 순경은 고개를 갸웃했다. 도경은 박 순경의 시선을 의식하며 책상 위 한쪽에 밀어둔 로즈메리 화분을 흘겨봤다. 그러니까 이건 예의상 사게 된 거지 절대 의지는 아니었다. 주인인 최유희에 이끌려 가게 안으로 들어갔고, 거기서 대화를 나누다가 우연히 허브 화분을 보게 되었고, 거기서 또 괜히 옛날 생각이 나서 이야기가 이어졌고……. 도경은 들고 있던 볼펜을 책상으로 내던지며 한숨을 쉬었다. 하필이면 거기서 왜 예전 이야기를 꺼냈을까. 최유희가 극도로 경계하는 상황이었다면 분위기를 내 쪽으로 끌어오려고 이쪽에서 먼저 그런 이야기를 털어놨을 테지만 그것도 아니잖아? 이야기를 마치고 가게를 나올 때 이미 도경의 손에는 조그마한 로즈메리 화분이 들려 있었다. 최유희가 준 쪽지도 함께였다. 이번에는 죽이지 말고 잘 키워보시라고, 혹시 궁금한 게 있으면 언제든 또 오시라고 하는 말에 웃음으로 화답한 후에야 현실로 돌아온 느낌이었다. 가게에서 나오자마자 아차 싶었지만 이미 엎질러진 물이고 다시 되돌릴 수 없었다. 게다가 오랜만에 정성스럽게 가꾼 누군가의 식물들을 보니 옛날 기억에 마음이 거북한 동시에 조금은 정화되는 기분도 들었다.

형사라는 사람이 한심하기 짝이 없군. 도경은 혼잣말을 삼켰다. 물론 하나부터 열까지 철두철미한 성격은 아니다. 맡은 일에 충실하지만 어딘가 나사 빠진 행동도 가끔 한다는 고과를 받은 적도 많다. 하나에 꽂히면 물불을 가리지 않는 탓에 잔소리도 많이 들었다. 하지만 지금까지 탐문 조사를 펼치며 조사자의 말에 혹하거나 필요 이상의 관심을 보인 경우는 없었다. 아무래도 장소가 장소여서 그랬던 걸까.

창 쪽에서 바람이 불어올 때마다 로즈메리의 은은하고 산뜻한 향이 콧속으로 밀려 들었다. 집에 두면 또 죽어버릴 것 같아서 서로 가져왔다는 말은 아마 누구에게도 하지 못할 거다. 혹시 모르지, 나중에 최유희의 가게를 다시 찾는 일이 있다면 모를까.

도경은 건강한 이파리를 사방으로 뻗고 있는 로즈메리를 향해 의도적으로 불편한 눈빛을 보냈다.

○

유희는 부영역에 하차해 역 중앙에 있는 주변 안내도를 살펴봤다. 역에서 내려서 강인아파트까지 가는 길은 십수 번도 더 확인했기에 어떤 출구, 어떤 방향으로 나가는지 이미 알고 있었다. 이건 유희의 가벼운 습관이었다. 처음 가는 동네에 내리면 반드시 동네 안내도를 살피는 일. 그러면 앱 지도로 볼 수 없는 건물들, 소위 말해 그 동네를 상징하는 몇몇 건물들이 한눈에 보이기 때문이다. 직접 가보는 것과 안내도만 확인하는 건 분명 차이가 있겠지만 이 과정을 거치면 낯선 동네에 대한 막연한 마음이 조금 사라지는 기분이다.

상징적인 건물만 대충 짚은 듯한 안내도였다. 근

처의 큰 아파트들은 전부 그려놓은 것 같았다. 유희는 강인아파트를 어렵지 않게 찾을 수 있었다. 수지는 강인아파트가 이 동네에 유일하게 남은 복도식 아파트라고 말했다. 재개발이 워낙 잦은 곳이다 보니 다른 곳에서 살던 길고양이들이 유독 강인아파트 근처로 많이 모여들었고, 동네 주민들도 대부분 길고양이에 대해 우호적이라 스스로 '케어 테이커'를 자처한다고 했다.

유희는 역에서 강인아파트 쪽으로 걸어가며 패딩 주머니에 있던 마스크를 꺼내 꼼꼼하게 눌러썼다. 연일 '최악'의 경고가 이어지는 미세먼지를 피하기 위함이기도 하지만 혹시 모를 돌발 상황에 대비하려는 속셈이었다. 적어도 캣피와 면 대 면으로 마주하는 일 정도는 피할 수 있으니 말이다.

캣피, 그러니까 문지환의 집은 수지의 옆 동이었다. 아파트가 ㄱ자로 꺾여 같은 아파트 내에서 누가 언제 집에 들어가고 나오는지 쉽게 알 수 있는 구조라고 했다. 문지환의 신상이 공개되지 않았으므로 아파트 주민 중 학대 사건에 관심이 있는 사람들만 문지환이 사는 층 정도를 알 뿐이었다. 문지환의 생김새와 사는 곳, 목소리를 정확히 아는 사람은 수지가 유일했다. 신고자도 수지 한 사람으로 특정되어 역으로 그 또한 얼마든지 수지에 관한 정보를 캘 수 있었다.

강인아파트 정문을 들어서자 곳곳에 길고양이 급식소와 급식소를 지키는 작은 팻말이 보였다. 수지의 말대로 아파트 단지 안에서 길고양이들을 발견하기가 어렵지 않았다. 고양이들이 유희에게 달려와 경계심 없는 표정으로 꼬리와 엉덩이를 비볐다. 유희는 잠시 앉아 차례로 엉덩이를 두들겨주었다. 2동 입구 앞에 다다른 유희는 무의식적으로 화단을 바라봤다. 수지가 끔찍한 장면을 목격한 곳이 이쯤인지, 아니면 좀 더 뒤편의 화단인지를 가늠했다. 문지환은 주기적으로 이곳을 드나들며 자신이 했던 일을 곱씹을까. 생각을 이어가던 유희가 고개를 돌렸다. 일에 집중하자는 다짐으로 마스크를 한 번 더 꾸욱 눌러썼다.

수지가 찾아온 날 이후로 가게에 수상한 고객은 없었다. 가끔 혼자 오는 남자들이 있었지만 수지가 건네준 문지환의 사진과 겹치는 얼굴은 아니었다. 그래도 그가 어디선가 수지와 수지의 동선을 지켜본다는 생각을 지울 수 없었고, 유희는 가게 문을 활짝 열고 그가 나타나기만을 기다렸다. 수지를 집요하게 쫓아다녔다면 반드시 수지가 사라진 '식물, 상점'에도 찾아와야만 했다.

하지만 유희의 바람과 달리 문지환은 가게에 나타나지 않았다. 주변을 돌며 틈을 보는지, 아니면 집 안에 틀어박혔는지 알 수 없었다. 다만 문지환이 강인아파트에 있는 이상 수지는 집에 돌아갈 수 없으니 유희의 선택은 하나뿐이었다. 그를 가게로 불러들일 강력한 동기를 만드는 것.

유희는 아파트 2동 입구에서 수지가 알려준 202호의 우편함을 찾았다. 문지환과 마주한 이후 수지는 편지나 고지서, 택배를 제대로 받아본 기억이 없다고 했다. 그 말을 증명하듯 수지의 우편함은 깨끗했다. 2동 우편함 전체에 일괄적으로 광고물이 꽂혔는데 수지의 것은 비어 있었다. 유희는 미리 준비한 봉투를 202호 우편함에 비스듬히 넣었다. 멀리서도 눈에 띄는 노란색 봉투에는 압화 작업을 거친 엽서가 들어 있었다. 가게 주소가 세세하게 기록된 명함을 동봉했다.

유희는 등을 돌려 다시 단지 정문 쪽으로 걸어 나왔다. 정문 경비실 근처 길고양이 급식소 앞에서 고양이 서너 마리가 매트 위에 옹기종기 엎드려 볕을 쬐고 있었다. 유희는 쪼그리고 앉아 길고양이들의 엉덩이를 계속 두들기며 2동 우편함 쪽을 주시했다. 몇 분 정도 지났을까. 한 남자가 2동 우편함으로 걸어와 노란색 봉투를 꺼냈다. 그는 주변을 슥 둘러보더니 봉투를 호주머니에 구겨 넣고 바로 옆 3동 건물 쪽으로 유유히 걸어갔다.

그가 문지환이라고 확신한 유희는 조심스럽지만 빠르게 남자의 뒤를 밟았다. 엽서에는 약속된 시간에 맞춰 가게로 와서 주문한 상품을 가져가라고 썼다. 마치 결혼식 초청장을 보내는 것처럼 정갈하고 친근한 어투로 메시지를 남겼다. 유희가 정한 날짜에 문지환은 반드시 가게를 방문할 것이다. 다만 유희는 여기까지 온 김에 그가 어떤 사람인지 확인하고 싶었다.

남자는 검은 모자에 검은 후드, 얇은 패딩을 입고 있었다. 온통 검은색으로 특별할 게 없는 모습이었다. 이따금 뒤를 흘긋거렸지만 별다른 의심이나 관심을 보이진 않았다. 그는 곧 3동 아파트 안으로 사라졌고, 유희는 다시 건물 앞쪽으로 걸어 나와 그가 어느 층에서 내리는지를 확인했다. 수지의 집을 쉽게 확인할 수 있는 3층. 남자는 왼쪽 엘리베이터 자리에서부터 복도를 따라 오른쪽으로 쭈욱 걸어갔다. 유희는 남자와 반대 방향으로 이동하며 눈을 가늘게 뜨고 남자를 지켜봤다.

남자는 어느 문 앞에 멈추더니 곧 뒤를 돌아 건너편 아파트의 어딘가를 관찰하듯 서 있었다. 유희는 그의 얼굴만 빠르게 확인하고 강인아파트 단지를 빠져나왔다. 역으로 향하는 보도를 따라 걸으며 마스크를 벗어 주머니에 집어넣었다.

“저기요.”

역 계단을 밟는 순간 등 뒤에서 목소리가 들려왔다. 마스크를 쥔 유희의 손이 멈칫했다. 남자 목소리였다. 유희는 뒤를 돌아보지 않았다. 자신을 부르는 게 아닐지도 모르니까. 게다가 부영역 근처에는 연고가 전혀 없다. 유희는 동요하지 않고 다시 걸음을 옮겼다.

“최유희 씨?”

남자는 정확히 유희의 이름을 불렀다. 유희는 입술을 꽉 깨물었다. 마스크를 미리 벗은 게 실수였나. 이곳에서 아는 사람을 만날 거라고는 전혀 예상하지 못했다. 유희는 돌아서서 목소리의 주인을 확인했다.

"어, 맞죠? 식물 가게 사장님. 이런 데서 뵙네요, 오랜만입니다."

유희는 엉거주춤 서 있는 도경에게 고개를 숙였다.

"그렇게 오랜만은 아닌 것 같은데요. 안녕하세요."

"아, 그런가요? 불쑥 죄송합니다. 제가 다른 건 몰라도 사람 얼굴은 제대로 기억하거든요. 평소와는 다른 모습이셔서 맞나 싶었어요."

반가운 기색을 표하는 도경의 표정에서 적의나 의심 같은 건 찾을 수 없었다. 유희는 마스크를 주머니 안쪽으로 깊게 찔러 넣고 두 손을 가지런히 모은 채 도경을 바라봤다.

"일이 있으셨나 봐요."

도경이 무슨 말을 더 하려는 듯 입을 열었지만 유희가 가로막았다.

"매장을 오픈해야 해서요. 가도 되겠죠?"

유희의 말에 도경은 눈을 끔벅였다. 최유희를 여기서 만난 건 예상하지 못한 우연이었다. 강인 관할서에 들렀다 돌아가는 길에 긴가민가한 최유희의 모습에 냅다 말부터 걸었다. 이 근처에 꽃 시장이라도 있나? 도경은 머릿속으로 강인서부터 역까지 걸어오는 길의 상점들을 떠올렸다. 불쾌함을 전혀 숨기지 않으면서도 묘한 웃음을 유지하는 최유희의 표정이 흥미로웠다. 도경은 사람의 표정이나 기분을 잘 읽는 편이었지만 지난번과 마찬가지로 유희의 얼굴에선 정확한 감정을 읽기가 어려웠다.

답을 기다리는 유희에게 도경은 정중하게 인사했다. 도경을 물끄러미 바라보던 유희는 다시 걸음을 옮겼다.

"아, 저번에 사 간 거 잘 키우고 있습니다!"

종종걸음으로 지하철역 계단을 내려가는 유희의 귓가에 도경의 우렁찬 목소리가 들렸다. 유희는 고개를 반만 돌린 채로 미소를 보내며 가볍게 목례했다. 저런 부류의 사람을 다루는 게 유희에겐 가장 힘들었다. 타인에게 쓸데없이 관심이 많고 악의가 전혀 없는 타입. 직업적 특성 때문에 더 그렇기도 할 테지만 유희는 도경 같은 사람을 마주하면 본능적으로 뒷걸음질 쳤다. 적극적으로 피하지 못한 이유는 역시 그가 경찰이며 유희가 너무도 잘 아는 얼굴들을 찾아다닌

다는 사실 때문이었다.

그때 유희의 핸드폰이 길게 울렸다. 오랫동안 기다리던 배송 안내 문자에 잠시 긴장했던 마음이 사라졌다. 가게로 돌아가서 매장 한쪽에 물건을 놓을 자리를 마련해두기만 하면 된다. 만에 하나 문지환이 제때 방문하지 않는다면, 그러니까 시간이 좀 더 지체된다면 그때는 다른 계획을 생각해보기로 했다. 그렇게 되는 걸 원치는 않지만 말이다.

유희는 문득 강인아파트에서 경계심 없이 다리에 얼굴을 비비던 고양이들을 떠올렸다. 그 고양이들의 안위를 위해서라도 일을 확실하고 신속하게 진행해야 했다.

○

문지환은 정확한 날짜에 유희의 상점을 찾았다. 유희는 일부러 블라인드를 모두 걷어두고서 그가 마당 앞 보도를 일정한 간격을 두어 지나가고 다시 돌아오는 걸 바라봤다. 강인아파트를 방문했던 날 본 것과 똑같은 옷을 입고 있어 어렵지 않게 알아볼 수 있었다.

카페도 편의점도 없는 가게 주변을 문지환은 네 시간 가까이 배회했다. 그가 찾는 건 단 한 사람, 한수지였다. 한수지는 며칠째 회사에도 출근하지 않고 집에도 돌아오지 않았다. 문지환은 상점이 절반 정도 보이는 골목 어귀에서 유심히 가게 쪽을 봤다. 오기 전에도 몇 번이고 '식물, 상점'의 계정을 살폈다. 한수지가 자취를 감추기 전 마지막 들른 곳이니 분명 상점 안에 한수지가 있거나 혹은 시간 맞춰 방문할 거라고 짐작했다.

문지환은 주인이 알아채지 못하도록 삼십 분 정도 간격을 두고 상점 앞을 지나갔다 다시 골목 쪽으로 돌아오며 한수지의 흔적을 찾았다. 드나드는 사람이 제법 많았지만 그중에서 한수지는 보이지 않았다. 그 대신 시종일관 해맑은 웃음을 지으며 상점의 안과 밖에서 분주하게 움직이는 유희를 관찰했다. 마당의 작은 나무들을 살피는 길고 하얀 손가락과 바닥에 쌓인 낙엽과 잔가지를 정리하는 손길, 입김이 나오는 차가운 날씨인데도 추운 기색 없이 길고양이들과 인사를 나누는 얼굴. 상점은 SNS에서 제법 인기가 많아

보였다. 도산시장역 근처 편의점에 가서 사 온 음료를 마시면서 문지환은 그 인기의 비결이 분명 이 여자일 거라고 생각했다.

유희가 블라인드를 내리고 마당에 내어놓은 작은 화분들을 안에 들여놓을 때까지도 한수지는 보이지 않았다. 문지환은 자신이 날짜를 잘못 알았나 싶어 구기듯 접어놓은 엽서를 펼쳐 확인했다. 상점을 환하게 밝히던 조명은 곧 은은한 빛으로 바뀌었다. 유희가 바깥을 한 번 확인하고 이내 문 안으로 사라지자 문지환은 가까이 다가가 지난번과 마찬가지로 상점 여기저기를 둘러보았다. 가장 먼저 살핀 건 CCTV다. 이 골목에는 방범용 카메라가 없어 여기 온 것을 누군가가 알 가능성은 희박했다. 이쪽을 신경 쓸 사람은 아무도 없었다. 오늘은 한수지가 아니라 다른 수확을 거둘 수도 있겠다 싶었다.

문지환은 불이 거의 꺼지다시피 한 상점 앞으로 가만히 다가가 아주 살짝 문을 열었다. 문은 잠겨 있지 않았다. 문 끝에 작은 종이 달렸지만 소리는 나지 않았다. 안에는 아무도 없었다. 은은한 음악만 흘렀다.

"계세요?"

상점 안을 빠르게 훑은 문지환은 카메라가 없는 걸 확인한 후 큰 소리를 내며 안으로 걸어 들어갔다. 두어 번 불러도 응답하는 사람은 없었다. 상점 중앙에 이르자 아주 깨끗하고 깔끔하게 닦아 윤기가 흐르는 바닥이 눈에 먼저 들어왔다. 화분들은 각을 맞추기라도 한 듯 흐트러짐 없이 정갈하게 서 있었다. 문지환은 코웃음을 쳤다. 이런 결벽적이고 섬세한 성격을 가진 사람이 무너지는 걸 보는 게 가장 즐겁지. 한수지도 따지고 보면 그런 부류의 사람이었다. 이제 한수지가 여기 있든 없든 그다지 중요하지 않게 느껴졌다. 반나절 동안 바라본 상점 주인의 겁에 질린 표정이 보고 싶어졌다.

문지환은 팔을 길게 뻗으며 기지개를 켰다. 고작 여자 한 명이고, 여긴 막다른 곳이다. 인적도 드문 골목에 슬쩍 살펴본 바로는 방범용 CCTV 하나 제대로 구비되어 있지 않았다.

"……라고 생각했겠죠."

잠시 후 기지개를 켜던 자세 그대로 찌르는 듯한 고통 속에 깨어난 문지환을 바라보며 유희가 나직하게 말했다.

“이제 정신이 드나 보네요. 남의 사업장에서 그렇게 큰 소리를 내면 되나요. 게다가 더러운 먼지가 잔뜩 묻은 발로.”

문지환은 대답하려고 했지만 할 수 없었다. 입이 검은 테이프로 봉해져 있었기 때문이다. 그는 눈을 빠르게 굴려 주변을 확인했다. 정신을 잃기 전과 같은 공간인 것도 같고, 아닌 것도 같았다. 몸 아래에서 바스락거리는 소리가 났다. 머리 뒤쪽에서 지금까지 느껴본 적 없는 통증이 지속되었다. 힘껏 몸을 바둥댔지만 온몸이 마비된 듯 감각이 없었다.

“그래봐야 소용없어요. 어디서 많이 본 것 같죠? 듣기로는 고양이들을 이런 방식으로 죽였다면서요? 그렇게 누워 있으니까 기분이 어때요?”

문지환의 눈동자는 유희가 들고 있는 반투명 액체로 향했다.

“발자국을 닦고 이런저런 준비를 하며 깨어나길 기다렸어요. 원래는 다른 일에 쓰려고 했는데.”

유희는 문지환의 다리 근처에 놓인 기계에 눈을 고정한 채 말을 이었다.

"이참에 성능이나 한번 테스트해보죠."

땀을 뻘뻘 흘리는 문지환에게 가까이 다가간 유희는 씁쓸한 미소를 지었다. 좀 전까지 보았던 유희의 무해한 얼굴은 온데간데없었다. 등 뒤로 소름이 끼쳤다.

유희는 다시 천천히 일어나 은회색 기계의 스위치를 올렸다. 기계는 몇 번 웅웅거리는 소리를 내더니 곧 잠잠해졌다. 태엽 소리가 희미하게 들려왔다. 기계 뒷부분에는 큼지막한 플라스틱 통이 달려 있었다. 문지환은 유희를 쏘아보며 있는 힘을 다해 비명을 내질렀다. 하지만 목소리는 번번이 테이프에 막혀 제대로 된 소리가 되어 나오지 못했다.

발버둥 치려 애쓰는 문지환을 바라보며 유희는 수지의 넋 나간 표정과 길고양이 커뮤니티에서 본 잔인하게 난도질당한 사체의 사진들을 차례차례 떠올렸다. 개구리를 짓밟은 운동화로 아무렇지 않게 공놀이를 하던 남자아이들이 그려지자 구역질이 올라오는 느낌이 들었다.

유희는 들고 있던 액체를 문지환의 콧속으로 쏟아 넣었다. 문지환은 캑캑거리며 콧물을 줄줄 흘렸다. 코코넛 내음이 진하게 나는 액체가 문지환의 얼굴과 목에 범벅이 되었다.

"좀 몽롱할 거예요. 천연 추출물이지만 성분은 아주 강하거든요."

유희는 허리를 숙여 문지환의 한쪽 다리를 잡아끌었다.

"하지만 고통은 아마도 그대로 전달될 것 같네요."

문지환의 다리 한쪽이 환기구 모양을 한 은색 기계 머리 쪽으로 들어갔다. 작게 똑딱이는 태엽 소리를 내던 기계 안에 부착된 여러 개의 큼지막한 스크루 칼날이 번득였다. 아래위로 촘촘하게 붙은 칼날은 어떤 물건이든 씹어 삼켜주겠다는 기세로 빠르게, 하지만 조용히 움직였다. 분쇄기 옆면에는 '절대 손을 넣지 마시오'라는 문구가 번쩍이는 빨간색 글씨로 각인되어 있었다.

곧 쇳덩이가 서로 맞물리며 발의 가장 튀어나온 부분부터 드드득 갈리기 시작했다. 기계 앞부분은 붉은 선혈로 범벅이 되었고, 발가락이 으스러지는 모습이 문지환의 시야에 고스란히 들어왔다. 있는 힘껏 소리를 질렀지만 미미한 그의 목소리는 곧 옅은 기계

소음에 파묻혔다.

유희는 쪼그리고 앉아 회전하는 칼날을 통과한 붉은 덩어리들이 기계 뒤쪽에 연결해둔 플라스틱 통에 쌓이는 것을 쳐다봤다. 설치 기사가 자랑한 대로 성능은 역시 만족할 만했다. 잔가지는 말할 것도 없고 통나무나 합판도 금세 절단될 거라고 호쾌하게 말하던 기사의 웃음이 떠올랐다.

반쯤 사라진 다리에서 솟구친 핏줄기가 바닥에 깔아둔 비닐의 굴곡을 따라 고였다 흘렀다를 반복했다. 유희는 하수구 방향으로 곧게 흘러가도록 비닐을 평평하게 펴고 끄트머리를 다시금 단단히 고정했다. 유희의 몸을 감싸고 있는 앞치마는 이미 축축하게 젖은 지 오래였다.

상점 안에서 느껴지던 코코넛 향 사이에 어느새 쇳내가 강하게 자리 잡았다. 유희는 정신을 잃은 문지환을 기계에서 빼내 다시 똑바로 눕힌 후 구석에 놓아둔 기다란 접이식 톱을 집어 들었다. 가늘게 뜬 그의 눈은 형언할 수 없는 고통을 온몸으로 고스란히 느끼는 듯 보였다. 유희는 절망과 공포가 가득한 눈동자를 응시하며 온 힘을 실은 톱을 아래로 내리쳤다.

○

[진짜네요 며칠째 잠잠함]

[이사 갔나? 확실하게 아는 사람 있나요?]

[같은 아파트에 산다는 분 있지 않았어요?]

[암튼 눈에 안 보이니까 속이 시원한 거 있죠
특유의 싸한 표정으로 냥이들 바라보고 그랬잖아요]

[그러면서 벌금은 당일에 바로 냈다며?
내말이ㅇㅇ 진짜 악질이죠]

[그래두 좀더 지켜봐요]

문지환이 자취를 감추자 강인구의 케어 테이커들이 모인 오픈채팅방에서는 한동안 그와 관련된 이야기가 종일 올라왔다. 동네 사람들을 교묘한 방식으로 괴롭히던 자가 어느 날 갑자기 사라져 그의 안위를 궁금해하는 사람은 많았으나 걱정하는 사람은 없었다. 죽기라도 했다면 아주 끔찍한 방법으로, 그자가 했던 것처럼 아주 잔인하고 처참한 방식으로 죽었을 거라고 모두 입을 모아 말했다.

수지는 자주 들어가던 커뮤니티에 탈퇴 신청을 했

다. 핸드폰에서 문지환과 관련된 사진을 모조리 지웠고, 방구석에 보관해두었던 익명의 협박 편지와 쪽지 등을 전부 버렸다. 그러지 않으면 그날이, 그날 보았던 장면들이 머릿속에서 계속 부유할 것만 같았기 때문이다.

수지는 아주 오랜만에 일상을 되찾았다. 이따금 검은 옷을 입은 누군가가 "저기요" 하고 부르면 가슴이 덜컥 내려앉으며 식은땀이 나기도 했지만 겨울의 그늘이 사라지고 봄기운이 느껴지면서부터 불안한 마음은 점차 사그라들었다.

겨우내 마당 안쪽에 쌓여 있던 눈은 모두 녹아 없어지고 '식물, 상점'의 앞마당에도 봄이 찾아왔다. 새로 들인 분쇄기는 제 기능을 톡톡히 해냈다. 유희는 대용량 배양토를 구매해 거름이 쌓인 곳과 그렇지 않은 곳에 나누어 뿌렸다. 얼어 있던 땅은 부드럽고 촉촉한 촉감을 되찾았다.

최고 기온이 20도를 웃돌며 완연히 따듯해진 날씨를 실감한 날 유희는 마당에 아주 조그맣게 피어난 청록색 꽃을 발견했다. 그 자리에 잡초 줄기 비슷한 것이 자라 잎을 내고 있다는 걸 알았지만 봄맞이로 가게 일이 바빠 전혀 신경 쓰지 못한 사이 새로운 꽃이 개화한 모양이었다. 하지만 그곳에 파종한 기억은 없다. 건물에 가려 해가 잘 들지 않아서 생명력이 정말 강한 잡초가 아니면 어떤 식물도 자라기 힘든 자리였다.

유희는 쪼그리고 앉아 꽃을 유심히 관찰했다. 꽃대 끝에 긴 종 모양의 꽃잎이 오밀조밀 붙어 있었다. 어디선가 본 꽃 같은데 이름이 정확히 생각나지 않았다. 작년 이맘때 산에서 본 꽃인가? 유희는 핸드폰을 들고 꽃의 이름과 모양, 특징을 함께 적어둔 메모장 앱을 열었다. 스크롤을 내려 같은 색의 꽃을 찾았다.

"현호색. 은방울/방울 모양의 꽃 색상은 다양한 것으로 추정-야생화."

유희가 기억하는 그 꽃이 맞았다. 두문산을 걷다가 발견한 청색의 꽃. 그때 본 꽃은 청색과 자색이 함께 혼재되어 있었다. 이름이 특이해서 기억했다. 꽃 이외의 다른 부분을 약재로 쓴다고 했었나. '비밀의 주머니'라는 꽃말답게 도톰하고 길쭉한 모양의 꽃을 아래로 늘어뜨리고 있었다.

이런 게 마당에서 갑자기 자랄 수 있는 걸까. 유희는 곰곰이 생각했다. 현호색은 그 이후로 처음 보는 꽃이고 매장에 들여놓은 적도 없다. 씨를 아무 곳에나 흘리거나 하는 건 유희의 성격상 용인되지 않는 행동이었다. 유희는 가만히 일어나 현호색이 핀 땅을 바라봤다. 지난겨울에 토막 낸 거름을 다시 잘게 갈아 이쯤에 나누어 묻었던가. 그자에게 꽃씨가 묻어 왔을 리는 없으니 아무래도 새로 산 배양토에 섞였을 가능성이 높다. 적어도 지금 핀 꽃은 봄철에 감상하기 아주 좋아 보였다. 양손으로 현호색 주변의 흙을 요리조리 파내자 아주 작은 감자 모양의 구근이 드러났다. 유희는 조심스럽게 뿌리와 줄기를 잡아 들었다. 그때 앞쪽에서 쩌렁한 목소리가 들려왔다.

"계세요?"

낯선 목소리는 아니었다. 유희는 뒷마당에서 나와 목소리의 주인을 확인하고 한숨을 내쉬었다.

"안녕하세요? 계절마다 한 번씩 뵙는 것 같네요."

"아, 오랜만입니다, 차도경입니다."

"네에⋯⋯ 그건 알고 있고요. 그런데 이렇게 매장 앞에서 큰 소리를 내시면⋯⋯."

유희는 난처하다는 표정을 지으며 도경을 바라봤다. 도경은 처음 들렀을 때처럼 야자 매트 위에 곱게 발을 올린 채 이쪽을 보고 있었다. 곧 도경의 시선이 유희가 든 현호색으로 향했다.

"새로 들여온 꽃인가요? 신기하게 생겼네요."

유희는 도경의 시선을 따라 현호색을 한 번 흘긋 바라봤다. 이내 다시 도경과 시선을 맞추며 물었다.

"꽃을 구경하러 오신 건가요? 아니면 지난번처럼 또 실종자라도 생긴 건가요?"

유희의 말이 끝나자마자 도경은 들고 있던 수첩을 손바닥으로 탁 치면서 답했다.

"네, 맞아요. 그때 저랑 만났던 날 기억하시죠? 강인아파트 근처 지하철역에서."

도경은 반듯하게 접은 사진 하나를 내밀었다. 문지환의 증명사진이었다. 유희는 사진을 흘깃 보고 말했다.

"처음 보는 얼굴인데요. 지하철에서 형사님과 만난 건 기억나고요."

유희가 사진을 앞에 두고 답하는 사이 도경은 유희의 표정 변화를 유심히 살폈다. 짜증이 난다는 듯

슬며시 구겨지는 눈썹, 하지만 완전히 흐트러지진 않는 얼굴. 그 외에 동요하는 감정은 보이지 않았다. 도경은 자신도 모르게 미간을 접고 유희의 얼굴에 집중했다. 시선을 느낀 유희는 그와 눈을 맞추고 한 걸음 뒤로 물러나며 의문의 눈빛을 보냈다.

"아, 죄송합니다. 생각 좀 하느라고요."

두 달이 지나서야 실종 신고가 접수된 문지환. 실종되기 직전 그는 많은 사람의 공분을 산 상태였다. 물론 심증일 뿐 정확한 물증은 없다. 그리고 문지환이 살던 아파트 근처에서 우연히 마주친 최유희. 당일 아파트에 찍힌 CCTV를 확인하려고 경비실을 찾았을 때는 이미 남은 게 없었지만 그날의 최유희와 문지환은 분명 연관이 있어 보였다. 그래야만 했다. 다만 "경찰의 촉이 그렇다"라고 당당하게 말할 수는 없는 노릇이었다.

왜 계속해서 실종자들과 이 상점에 연결 고리가 생기는 걸까? 도경은 문지환의 실종 신고가 접수된 이후 몇 날 며칠 머리를 쥐어뜯으며 생각했지만 답이 나오지 않았다. 최유희가 공조자나 뭐 그런 게 아닐까? 확대해석은 좋지 못한 습관이다. 혹은 단순한 망

상인가?

이 찝찝한 기분. 분명 무언가 있다. 도경의 그 강박이 결국 다시 상점으로 달려오게 했다.

"죄송하지만 매장에 손님도 계시고, 저는 애를 옮겨야 해서요."

유희는 도경의 답을 기다리지 않고 고개를 가볍게 끄덕인 후 성큼 걸음을 옮겼다. 도경이 다급하게 말을 건넸다.

"가게를 좀 둘러봐도 될까요?"

뭐라도 단서를 잡아볼까 싶어 던진 말이었다. 유희는 잠시 멈칫했지만 이내 표정을 가다듬고 도경을 향해 예의 미소를 보이며 답했다.

"네, 그러세요."

도경은 안도했다. 여기서 나가달라는 말이 돌아올 줄 알았는데 의외로 협조적이었다. 그와 동시에 묘한 의문이 또 꼬리를 물었다. 저렇게 평온한 태도라니, 혹시 정말로 우연에 불과한 걸까? 유희의 허락을 받은 도경은 마당을 천천히 둘러봤다. 가게 안에 들어갈 생각은 없었다. 매장에 사람이 꽤 많아서 집중하기가 쉽지 않을 것이 분명했다. 우선 오늘은 눈에 띄지 않게 매장 근처를 뒤져야지. 무언가 이상한 점이 하나라도 있다면……. 아니면 애먼 곳을 짚고 있다는 사실을 확신하면 좋을 텐데. 도경은 수첩으로 자기 얼굴을 가볍게 두어 번 쳤다. 현장을 탐색할 때마다 무의식적으로 하는 습관이었다.

마당은 도경이 마지막으로 들렀을 때와는 다른 모습이었다. 계절이 바뀌어 그럴지도 모른다는 생각이 들었다. 가게를 왼쪽에 끼고 뒤로 들어가자 움푹 파인 땅바닥이 눈에 들어왔다. 손에 들고 있던 꽃은 저기서 파낸 걸까? 도경은 쪼그리고 앉아 얕은 구덩이를 멍하니 바라봤다. 머릿속은 서로 다른 생각들로 시끄러웠다.

후 하고 길게 숨을 뱉은 도경은 이내 일어나 무릎에 묻은 흙을 툭툭 털어냈다. 그 와중에 커다란 기계 하나가 눈에 들어왔다. 얼핏 잔디깎이처럼 생겼는데 손잡이가 없는 걸 보아 그 용도는 아닌 듯했다. 도경은 호기심에 기계 앞으로 성큼 다가가 콧구멍을 벌름거렸다. 은은한 쇳내, 그리고 흙과 풀내음이 물씬 풍겼다. 풀 비린내라고 해야 하나, 이걸.

입맛을 쩝 다신 도경은 허리춤에 손을 짚고 선 채

로 뒷마당을 한 번 더 길게 노려봤다. 찜찜했지만 달리 할 수 있는 건 없었다. 무엇보다 최유희는 이 사건의 중요한 목격자나 연관자가 아니다. 물론 공식적으로는 그랬다. 그러나 도경의 머릿속은 분명 최유희가 뭔가를 숨기고 있다는 직감으로 가득했다.

도경은 마당을 빠져나와 가게 안쪽을 한 번 스윽 확인하고 미간을 잔뜩 찌푸리더니 보도를 따라 사라졌다. 유희는 시끌시끌한 방문객들의 대화를 뒤로한 채 블라인드 사이로 밖을 노려보며 도경의 모습이 완전히 보이지 않을 때까지 시선을 떼지 않았다.

○

"그 여자 지금 거기 있지?"

숨이 턱까지 차도록 뛰던 도경은 애써 호흡을 가다듬으며 전화를 걸어 재차 확인했다. 핸드폰 너머에서 주저하는 팀원의 목소리가 이어졌다.

"네, 전화 받고 마침 근처를 지나는 길이라 빨리 도착하긴 했는데…… 직접 오셔서 진행하실 거죠? 여기 다른 일 때문에 다들 대기 중이거든요. 지난주 단

속, 그거요. 임 팀장님이 형사님도 딱 붙어 있으라고……."

"아, 알아, 알고 있어. 암튼 지금 서 앞이니까 바로 갈게."

도경은 핸드폰을 주머니에 넣고 걸음을 더 재촉했다. 오늘이야말로 지난 몇 개월 동안 쌓아온 의문을 해결할 절호의 기회였다. 머릿속으로 엮었다 풀었다를 반복했던 수많은 단어, 그리고 문장의 타래와 그 중심에 있는 한 여자.

최유희가 신일빌딩에서 일어난 화재 사건의 중요한 참고인이자 첫 번째 신고자로 기록된 걸 확인했을 때 도경은 두근거리는 마음을 주체하지 못했다. 지금까지 어떤 수를 써도 잡히지 않고 숨겨져 있던 실마리를 드디어 찾아낸 느낌이었다.

아가베

다급한 도경의 낌새를 알아차린 형사 2팀 팀원은 단순 신고니 신경 쓸 것 없다며 재차 강조했다. 하지만 도경은 몸은 이미 머리보다 빨리 움직이고 있었다. 도경은 차에 점프하듯 뛰어올라 시동이 걸리자마자 액셀 페달을 세게 밟았다.

지난밤 신일빌딩 4층 탕비실에서 알 수 없는 화재가 일어났다. 작은 화재였고 탕비실 외에는 피해가 없었으며 무엇보다 다른 층까지 번지지 않아 금세 해소된 사건이었다. 신고를 받고 도착한 소방관은 누전으로 인한 화재를 의심했다. 그도 그럴 것이 빌딩에 십수 개가 넘는 중소기업이 입주해 있었고, 건물은 밤낮없이 근무하는 사람들로 북새통을 이뤘기 때문이다. 수상한 흔적은 보이지 않았지만 그래도 의례적인 확인은 필요했다. 담당 관할인 세진경찰서에서는 빌딩 근처 도로와 빌딩 내부, 그리고 4층에 입주한 온샘컴퍼니 내 방범 카메라에 대한 대대적인 확인 작업에 들어갔다.

소방관이 출동해 잠겨 있던 탕비실 문을 열었을 때 그곳에 있던 세 명의 남자들은 모두 사망한 상태였다. 자세한 사항은 부검을 해봐야겠지만 탕비실 여기저기 널린 술병과 안주들로 미루어 주취 상태에서 유독 가스를 들이마시고 사망한 듯했다. 도경이 신고를 받고 현장을 찾았을 때도 특이점은 없었다. 작은 화재로부터 이어지는 사망 사고는 비교적 흔하게 일어나니까. 누전이나 합선에 의한 화재, 그리고 질식. 타인의 개입, 즉 침입이나 방화의 흔적이라 부를 만한 건 전무했다.

특이점은 전혀 엉뚱한 곳에서 발견되었다. 최초 신고자로 기록된 사람의 이름이었다. 최유희라는 이름을 보자마자 도경은 그 자리에서 굳어버렸다. 동명이인일 거라는 생각이 반사적으로 들었지만 '식물, 상점'의 명함에 적힌 번호를 확인하니 역시 최유희의 것이 맞았다.

도경은 단순 신고자로 분리되어 있던 최유희의 통화 녹취를 집요하게 훑었다. 통화 시간은 이십 초 남짓. 빌딩 4층에서 불이 난 것 같다고 말하는 목소리가 익숙했다. 약간 상기된 말투였지만 크게 동요하진 않은 듯했다. 늘 듣던, 침착하고 차분한 목소리. 몇 초 되지 않는 녹취를 도경은 듣고 또 들었다. 도경의 직감이 꿈틀거렸다. 이건 다시없을 기회였다.

이른 아침 유희가 세진서에 소환되었을 즈음 도경은 사건 현장을 다시 훑고 있었다. 밤사이 일어난 소동이고 애초에 고의적인 방화의 단서라고 할 만한 것이 없어 도경은 현장에 오래 머물 생각이 아니었다. 그런데 최유희가 최초 신고자임을 확인하고 생각을 바꿨다. 모든 경찰이 철수한 상황에서 도경은 혹시라도 놓친 단서가 없는지 집요하게 살피고 또 살폈다. “모든 현장은 증거의 바다다.” 교육생 시절 수백 번을 반복해서 들었던 문장을 곱씹었다. 도경은 근처의 모든 CCTV 탐문 권한을 요청하며 눈을 번득였다.

곧 출근 시간이 되면서 꽉 막힌 도로 사이사이 곡예하듯 사이렌을 울리며 질주한 도경은 금세 세진서에 도착했다. 평소라면 복도부터 왁자지껄했을 시간이었으나 세진서 1층, 특히 형사팀 근처는 개미 한 마리 없이 조용했다. 긴급 상황도 아닌데 사이렌을 울렸다고 잔소리를 들을 줄 알았던 도경은 안도의 한숨을 쉬며 핸드폰을 확인했다. 아직 찾는 사람은 없었다. 좀 전에 받은 전화로 미루어 대부분 출동을 나간 듯했다. 어차피 오늘은 서에서 종일 자리를 지켜야 했다. 팀원들과 팀장이 백업을 요청하는 일은 아마 없을 테고, 모두가 외근을 나간 지금이야말로 수개월 동안 쫓고 있는 최유희를 심문할 기회였다.

도경은 지체 없이 상담실 문을 열었다. 구석에 앉아 있던 유희가 고개를 들었다. 유희의 미간이 살짝 주름졌다. 혹시나 했는데 역시 이 사람이라니. 유희는 급히 표정을 바꾸고 여전히 도경을 바라보며 먼저 말을 건넸다.

"아까 전화한 분이 형사님이었나요?"

"아뇨, 팀원입니다. 그보다 잘 앉아 계셨네요."

도경은 책상에 수첩을 내려놓고 유희를 응시하며 답했다.

"무슨 뜻이죠?"

"형사팀에 아무도 없고 집에 가셔도 되는 상황인데 좀 의외여서요."

도경은 반응을 살피며 몸을 조금 앞으로 굽혔다.

유희 역시 의자에 꼿꼿이 허리를 기대고 앉아 도경의 표정 변화를 살폈다. 유희의 공간이 아닌 다른 곳에서 이렇게 그와 마주하기는 처음이었다. 차도경이 호시탐탐 기회를 엿보고 있다는 걸 유희는 잘 알았다. 그러니 더욱 신중해야 했다.

"글쎄요. 그럴 이유가 없으니까요."

유희는 말꼬리를 살짝 올렸다.

"사건에 대해 듣고 싶으신 거 아닌가요? 그런데 저는 이미 다 이야기했거든요, 앞서 전화 주신 분께."

"그건 맞습니다. 하지만 제가 개인적으로 묻고 싶은 게 있어서요."

"설마 지난번과 똑같은 이야기를 하시려 한다면……."

"아뇨."

도경은 단호하게 말을 끊었다.

"그건 아닙니다. 아는 게 없다고 하셨으니까요. 제가 묻고 싶은 건 어제 일어난 사건 때문입니다."

"어제 사건이라면 말씀드렸다시피 저는 다 이야기드렸어요. 한 번 더 설명드려야 하나요?"

도경은 수첩을 펼쳐 사건 발생 시간과 신고 시간

이 적힌 메모를 찾아 읽으며 답했다.

"사건 발생 추정 시각이 아마도 자정쯤. 그리고 신고는 자정이 조금 지난 시각인 0시 07분에 하셨죠. 이십일 초 정도 통화했고, 이후 소방관이 빠르게 현장에 도착했고요."

"얼마 동안 통화를 했고 언제 소방관이 도착했고 하는 건 저보다 형사님이 더 잘 아시겠죠."

"그래서 하필이면 왜 거기 계셨는지가 궁금한 겁니다."

잠시 묘한 침묵이 감돌았다. 유희는 고개를 갸우뚱하며 어이없다는 표정을 지었다.

"제가 지금 잘못 들은 건가요?"

"아니요, 정확히 들으셨습니다. 거주지도 아니고 출퇴근길도 아닌 신일빌딩 앞 사거리를, 하필이면 그 시간에 지나가신 이유가 궁금해서요."

눈을 동그랗게 뜬 유희 앞에 낯익은 사람들의 사진 몇 장이 놓였다. 유희는 표정을 굳히며 짜증 나는 기색을 나타냈다.

"형사님께서 무슨 생각을 하는지 잘 모르겠네요. 이 사람들과 제가 신고한 건이 무슨 접점이라도 있나요? 그리고 제가 도산구에 산다고 해서 도산구에서만 지내야 한다는 법이 있나요?"

한 마디 한 마디 힘을 준 목소리를 들으며 도경은 유희가 조금이나마 흐트러진 모습을 보이기를, 그래서 실수하기를 바랐다. 하지만 오늘은 확신이 있어 최유희를 이 자리에 앉혔다. 몇 분 후면 빌딩 주변과 내부의 CCTV 확인이 모두 끝난다. 오전 일찍 박 순경에게 자정 전후로 근처를 배회하는 수상한 사람이, 특히 최유희와 닮은 사람이 한 명이라도 있으면 즉시 보고해달라고 부탁했다.

도경은 초조한 마음으로 책상 위에 놓인 핸드폰을 흘끔 바라봤다. 유희는 그런 도경을 주의 깊게 관찰하며 다시금 지난밤을 복기했다. 엇나간 동선은 당연히 한 치도 없었다. 몇 번이나 시뮬레이션을 거친 결과가 아닌가. 유희 또한 확신했다. 오늘도 차도경이 건질 건 없었을 거라고 말이다.

"저는 이만 가보겠습니다."

상담실 내 어딘가를 응시하며 인상을 쓰고 있는 도경에게 유희는 선언하듯 말하며 몸을 일으켰다. 그때 유희를 막으려고 반사적으로 몸을 일으킨 도경의 핸드폰이 울렸다.

"차 형사님, 박 순경입니다. 아까 문의하신 건 말인데요……."

핸드폰 밖으로 쩌렁하게 울리는 목소리에 유희도 귀를 기울였다. 반가운 기색이 역력하던 도경의 표정이 순식간에 구겨졌고, 유희는 그런 도경을 바라보며 제 짐작이 틀리지 않았음을 직감했다. 저렇게 실망이 가득한 얼굴이라니, 아마 감정을 숨길 새도 없이 놀란 거겠지.

자정께에 빌딩을 출입한 사람은 없었다. 빌딩 근처를 뒤져봐도 수상한 사람은 없었다. 현장 근처 CCTV에 유일하게 남은 건 핸드폰을 들고 빌딩을 정면으로 바라보며 신고하는 최유희의 모습이었다. 그게 전부였다.

도경은 입술을 꽉 깨물었다. 그럼에도 자신이 틀렸다는 생각이 들지 않는 게 문제였다. 잘못 짚었다는 생각보다 어떻게 빠져나갔는지 그 방법을 눈앞의 여자에게 묻고 싶었다. 말없이 한쪽으로 비켜서며 길을 내주는 도경을 유희는 지그시 바라봤다. 도경의 머릿속이 복잡하게 움직이는 소리가 들리는 듯했다.

유희는 텅 빈 형사실을 지나 복도를 걸어갔다. 유희가 신은 구두가 막 청소를 끝낸 듯한 바닥에 미끄러지며 마찰음을 냈다. 유희의 뒷모습을 바라보며 도경은 말없이 서 있었다.

복도 끄트머리 출구에 다다랐을 즈음 유희는 도경을 향해 돌아보며 말했다.

"그런데요, 형사님. 형사님도 제가 가는 곳마다 보이는 거 아세요?"

실망한 표정으로 어깨를 늘어뜨린 도경은 유희의 말을 듣고 자세를 바로 세웠다. 유희는 아랑곳하지 않고 나지막하게 말을 이었다.

"하지만 그런 건 전부 우연 아니겠어요? 형사님이 왜 제게 집착하시는지 모르겠지만요. 세진시가 그렇게 작은 도시도 아니고요. 그러니까 제발 신경을 끄시라고요."

말을 마친 유희는 바로 뒤돌아 세진경찰서를 빠져나갔다. 유희의 말을 가만히 듣고 있던 도경은 핸드폰을 든 손을 꽉 쥐었다. 그럴 리가 없다는 생각, 당장 빌딩 근처의 관리소들을 돌아다니며 확인해야겠다는 생각이 들었다. 하지만 도경은 한 발짝도 움직일 수 없었다. "신경을 끄시라고요" 힘을 주어 이야기한 마지막 말과 유희의 냉소적인 시선만이 맴돌았다.

형사 팀 문턱을 밟고 선 채로 수첩을 만지작거리던 도경은 자리로 돌아가 앉았다. 곧 CCTV 영상 몇 개를 포워딩한 교통관리과의 메일 알림이 울렸고, 도경은 실망이 가득한 눈빛으로 파일을 하나하나 확인했다.

세진경찰서 정문을 지나자마자 유희는 참았던 숨을 몰아쉬며 크게 심호흡했다. 슬쩍 고개를 돌려 등 뒤를 확인했지만 따라 나오는 사람은 없었다. 어차피 영업시간이 임박하면 가게를 핑계로 나올 작정이었다. 계속해서 눈에 밟히는 저 형사가 이번에도 유희가 가는 길을 막고 집요하게 지난밤, 그리고 몇 개월 전의 일에 관해 이야기를 이어갈 거라 짐작했는데 다행히 예상은 빗나갔다.

유희는 경찰서 앞에서 가게로 가는 버스에 올라 핸드폰을 열고 뉴스들을 살폈다. 다시 현장으로 가서 상황을 살피고 싶은 마음은 없었다. 무엇보다 차도경에게 빌미를 제공할 수는 없는 노릇이었다. 오랜 시간을 꼼꼼하게 준비한 만큼 실수 또한 없었다. 증거를 남기지 않는 데 가장 심혈을 기울였으니까. 아무것도 찾지 못하는 건 당연했다. 차도경이 찾는 건 사진이든 지문이든 건물의 내외부에 남았을지 모르는 흔적일 거다. 물론 그런 걸 남겨줄 리 없었다.

각종 포털에 올라온 화재 사건에 대한 단신들 사이에서 이름이 가려진 채 성과 나이만 드러난 세 남자를 찾았다. 모두 온샘컴퍼니 직원이고 이 중에 임원 한 명이 포함되어 있다는 뉴스 정도가 이 사건을 가장 자세히 다룬 내용이었다. 세진시를 포함해 다양한 곳에서 하루가 멀다 하고 일어나는 화재, 화재와 연관된 사망 사건은 중요하게 보도되지 않았다. 특히 간밤에 일어난 사건은 연계된 다른 피해가 없었기에 더욱 그럴 것이다. 무고한 곳에 연기가 번지지 않도록 유희는 사건 직후 119를 눌렀다. 처음부터 끝까지 계획하지 않은 행동은 하나도 없었으나 하필 이 사건의 최초 신고자라는 이유로 차도경과 독대하게 될 줄은 몰랐다.

곧 가게에 도착한 유희는 여느 때처럼 길게 내려진 블라인드를 걷고 은은하고 완연한 봄볕을 안으로 끌어들였다. 오전 내내 시달린 피로를 지우려고 커피를 진하게 내려두었다. 그때 핸드폰이 울렸다. 유희는 손을 뻗어 커피잔 옆에 놓인 핸드폰을 확인했다. 오픈 채팅방의 메시지 알림이었다. 사건과 관련된 뉴스를 찾으며 방 안의 다수가 어떤 이야기를 주고받는지 보려고 무음을 해제했다. 오픈을 준비하며 이리저리 움직이느라 미처 확인하지 못한 수십 개의 알림이 올라와 있었다. 유희는 핸드폰을 들어 채팅방에 쌓인 메시지들을 확인했다.

[방 폭파되나요?]

[이제 이 방은 없어지는 거겠죠?]

[그럼 이만 탈주합니다]

줄줄이 달린 메시지들은 전부 본인들의 안위를 걱정하는 이야기로 도배되어 있었다. 차라리 방을 폭파하는 게 낫지 않을까? 방이 사라지면 여기 올라온 내용이나 사진들도 지워지는 거지? 우린 그냥 채팅만 했으니까 괜찮겠지? 물음표가 가득한 글들을 아래로 내리며 유희는 명하를 통해 이 방에 처음 들어왔을 때처럼 또다시 목구멍 아래서부터 구역질이 몰려오는 느낌이었다.

채팅방에 머물던 사람들은 유희가 조금 전까지 찾았던 몇 개의 뉴스를 공유하고 의미 없는 이모티콘과 짧은 말을 남긴 채 대부분 방에서 빠져나갔다. 명하는 이 방의 용도를 알고 꼬박 두 달이 넘도록 잠을 제대로 자지 못했다고 말했다. 유희도 이 방에 머무르며 동태를 살피던 몇 주 동안 적잖이 악몽을 꿨다. 수많은 합성 사진과 비하의 말과 추잡한 음담패설이 모인 이곳의 존재는 직접적인 피해를 당한 명하에게나 그걸 바라보며 때를 기다리던 유희에게나 고역이었다. 유희는 계속해서 탈주하는 사람들의 이름들을 들여다봤다. 그리고 최하단에 위치한 '채팅방 나가기' 버튼을 클릭했다. 몇 주 동안 숨죽인 채 갖가지 이야기를 견뎌야 했던, 알림이 끊이지 않던 시끄러운 방의 존재가 유희의 메신저 목록에서 완전히 사라졌다.

명하에게서 메시지가 도착한 때는 그로부터 얼마 후 봄의 기운이 여름으로 막 넘어갈 준비를 하는 무렵이었다. 도시 곳곳의 사람들은 잠깐 스쳐 지나간 라일락 향기를 그리워하며 꽤 오래 지속되는 꽃샘추위에 두꺼운 옷을 아직 집어넣지 못한 채 거리를 활보

했다. 매년 점점 짧아지는 라일락 개화 기간이 아쉬웠던 유희는 마당을 바라보며 향을 길게 유지할 만큼 튼튼한 라일락을 몇 그루 심으면 어떨지 깊이 고민하고 있었다. 사진 첨부 알림이 연달아 울렸고, 명하의 이름을 확인한 유희는 상점 앞 계단에 비스듬히 앉아 메시지를 확인했다.

오랜만의 연락이었지만 마치 어제 대화를 나눈 사람처럼 명하는 이야기를 주욱 적어 내려갔다. 꽃과 풀 모양의 작은 이모지를 여러 개 붙여 보낸 메시지를 보니 영락없는 평소의 명하였다. 유희의 입꼬리가 기분 좋게 올라갔다. 유희는 명하가 첨부한 사진을 세심하게 훑었다.

명하가 보낸 사진 네 장은 전부 작은 밭을 배경으로 하고 있었다. 비닐을 막 두른 듯 깔끔해 보이는 작은 비닐하우스 너머로 명하의 가족 또는 지인처럼 보이는 사람들이 웃으며 앉아 있었다. 사진 중 하나는 집 앞에서 찍은 듯한 명하의 셀카였는데 바로 옆에 함께 찍은 식물들을 유희는 단번에 알아보았다.

—여기 얘네들 다 기억하시죠?

명하가 보낸 문자에 유희는 고개를 끄덕이며 답

했다.

—피시본과 오렌지재스민, 박쥐란도 있고 양골담초도 노란 꽃을 잘 유지하고 있네요. 이쯤 되면 식물, 상점 고창점이라고 이름 지어도 되겠는걸요?

바로 이어지는 명하의 웃음에 유희도 덩달아 길게 웃었다. 때때로 콧잔등에 올라붙는 아주 희미한 라일락 향기가 느껴져 무의식중에 코를 벌름거리기도 했다.

골목을 따라 가게 쪽으로 걸어오는 몇 사람의 모습이 눈에 띄자 유희는 시간을 확인했다. 아차 싶어 엉덩이를 훌훌 털고 일어나 두리번거리며 가게 계단을 밟는 손님들을 맞았다. 쌀쌀한 기운이 가시는 며칠 후부터는 매장에 에어컨을 살짝 돌려야 할 것 같았다. 여름을 좋아하는 넓은 잎 식물들은 찾아올 계절을 기다리며 곁잎을 낼 준비를 마쳤을 것이다.

유희는 구경하는 사람들 사이를 지나 테이블 앞으로 돌아왔다. 테이블 위에는 지난주에 사용한 아가베 잎의 두툼한 파편이 얇은 종이에 싸인 채로 한쪽을 차지하고 있었다. 일부러 잘라낸 잎은 아니고 생육 중에 저절로 누락한 잎이라 본체의 줄기에 붙은 것보다 더 달큰하고 묘한 향을 냈다.

갑작스러운 환경 변화로 생장이 주춤했던 아가베의 목대 일부를 잘라 물꽂이를 해둔 것이 막 뿌리를 내린 참이었다. 유희는 쓰지 않는 머그잔에 물을 채워 담가둔 아가베를 조심스레 들어 올려 곧게 뻗은 작고 귀여운 뿌리들을 확인했다. 이 정도면 얼마 후에는 다른 사람에게 선물해도 될 만큼 단단하고 튼튼하게 자랄 것이다. 줄기 일부에 문제가 생겨 더 높고 크게 자랄 수 없겠다고 판단했지만, 세진시보다 훨씬 따듯한 남쪽으로 갈 예정이니 분명 다시 일어나 더 아름다운 잎을 사방에 자랑하듯 뻗어낼 것이다. 돌보기 수월한 편에 속하는 식물은 아니지만 그런 일을 겪고서도 지금까지 잘 버텨낸 명하처럼, 그러니까 그런 명하의 손길이라면 오히려 유희보다 더 살뜰하게 이 친구를 키워낼 것이다.

유희는 이제 막 유아기에 접어든 것이나 다름없는 작은 아가베를 바라봤다. 언젠가 인터넷을 검색하다 마주친 그림을, 작열하는 태양과 내리쬐는 햇볕 아래 꼿꼿이 고개를 들고 살아가고 있는 아가베를 그린 이름 모를 작가의 그림을 떠올렸다. 그림 속 아가베는 판타지 게임에서나 볼 수 있는 느낌으로, 오묘하고 기이한 빛을 자랑하며 자기 존재를 밝히고 있었다. 스치듯 지나간 작품이었으나 그림 속 아가베의 모습이 유희의 기억 한구석을 오래도록 잠식하고 있었다. 명하가 상점을 찾은 우연은 언제나 쾌활하고 청량한 모습을 잃지 않던 명하가 스스로 빚어낸 필연이 아니었을까.

명하는 '식물, 상점'에 관해서라면 모르는 게 없었다. 가게가 위치한 도산구와는 아무런 연관도 관련도 없었지만 명하는 최근 1년 동안 집과 회사에 버금갈 만큼 도산구를 자주 찾았다. 회사와 집에서 버스를 타고 수십 분은 가야 되는 그곳을 일주일에 반드시 네 번 이상은 방문했다. 야근이 있는 평일이나 워크숍이 있는 주말을 제외하고 어떻게든 짬을 내어 가게로 향했다.

가게에 오래 머물 때도 있지만 명하 또한 시간에 쫓기며 사는 직장인이어서 평일에는 몇 분 정도 보내는 게 고작이었다. 그렇게 매장을 구경하고 별다른 상담 없이 사라지는 게 전부인 명하를 유희는 첫 방문부터 기억하고 있었다. 식물을 좋아하는 사람들이 다양한 초록 물결 속에서 으레 눈빛을 반짝이듯 명하도 그랬고 무엇보다 명하는 그 자체로 돋보였으므로. 약간 어두운 빛 피부에 단정한 하늘색 셔츠, 흐트러짐 없이 묶어 올린 긴 머리의 명하는 이국적으로 보였다. 외국인이 상점을 찾는 경우는 흔치 않았기에 유희는 말없이 들어와 식물들을 둘러보고 사라지는 명하를 마주할 때마다 영어로 말을 건네야 할지 고민했다.

"이거 상자에 담아 갈 수 있나요?"

처음으로 명하가 질문을 건넨 날 유희는 매번 명하를 마주하면서 하던 고민을 멈췄다. 너무도 유창하게, 흐트러짐 하나 없이 한국어로 말하는 명하를 보며 유희는 멈칫했다. 명하는 그런 유희의 생각을 빠르게 읽고 활짝 웃으며 말했다.

"무슨 생각 하는지 알아요! 처음 만나면 다들 그래요. 어, 영어를 써야 하나 한국말을 써야 하나."

쾌활하고 밝은 목소리였다. 명하는 아직 분갈이를 하지 못해 갈색 플라스틱 화분에 임시로 담겨 있는 홍콩야자를 바라보며 말을 이었다.

"제 이름은 명하예요, 박명하."

명하에게 가까이 다가가자 은은한 라일락 향이 났다. 사실 로션인지 향수인지 잘 구분이 가지 않았지만 유희는 분명 어디선가 맡아본 적 있는 기분 좋은 냄새라고 생각했다. 이번에도 유희의 생각을 읽었다는 듯 주머니에 든 핸드크림을 꺼내 권했다. 유희는 얼떨결에 명하가 짜주는 크림을 손등에 발랐다. 곧 아차 하는 표정으로 답했다.

"상자를 이렇게 안고 가실 수 있다면 가능한데, 그게 불가능하다면 단단한 봉투 같은 데 담는 게 좋을 것 같아요. 어떨까요?"

유희의 말에 명하는 고개를 크게 끄덕이며 눈동자를 반짝였다. 튼튼하게 포장한 홍콩야자는 명하의 집으로 옮겨 가 분갈이를 거쳤고, 그날을 시작으로 두 사람은 상점 안에서 짧은 대화를 주고받는 일이 늘었다. 매장을 자주 찾는 단골이 많지만 필요 이상으로 깊은 대화를 나누지 않던 유희에게 명하는 예외로 다가왔다. 명하는 홍콩야자 구매를 기점으로 크기가 크지 않고 아담한 식물들을 집으로 사다 나르기 시작했고 명하의 집에 안착한 식물이 모두 각자의 자리에서 잘 자라고 있다는 사실이 유희의 흥미를 끌기도 했다.

습도와 온도를 조절하기 까다로운 식물들도 마찬가지였다. 유희는 명하가 가끔 보여주는 집, 그리 크지 않아 보이는 원룸에 빼곡하고 정갈하게 자리한 식물 사진을 보며 무의식적으로 명하가 관심을 가질 만한 식물들을 들여왔다.

넓고 큰 잎을 보고 있으면 마음이 차분해지는 느낌이다. 그게 명하가 관엽식물, 특히 열대와 아열대에 거점을 둔 식물들을 좋아하는 이유였다. 열대 기후의 특징이나 몬순, 우림 식물 같은 세세한 정보에 관해서는 아는 게 없지만 추운 겨울보다는 짧은 봄과 긴 여름같이 해가 쨍한 날이 좋았고, 그 계절에 훌쩍 자라나는 식물들이 좋았다.

사실 식물이 주는 위안은 명하가 스스로 만들어낸 일종의 규칙이자 규율 같은 것이었다. 나쁜 생각과 나쁜 기분을 집까지 가지고 들어오지 말자는 다짐. 그 다짐에서 시작된 강박이 명하를 감싸고 있었다. 초록빛이 가득한 이 안락한 공간에 들어오면 그 생각들을 떨쳐버리자. 그럴 수 없음을 알면서도 명하는 윤기를 머금은 크고 작은 잎들 앞에 서면 억지로 웃음을 지었다. '식물, 상점'에서 잠시 잊을 수 있듯이 집에서도 말끔히 잊기 위해서였다.

명하는 어려서부터 자신에게 꽂히는 일정 수준 이상의 관심이 싫었다. 친한 친구들은 아무 말 하지 않았지만 적당히 얼굴과 이름을 좀 안다 싶은 아이들이 뒤에서 하던 말들을 명하는 기억했다. 성인이 되고 여기저기 차별에 관한 조약이 생기면서 과거의 잔재는 멀어지는 듯했다. 하지만 첫 직장에 입사하자마자 과거에 발목을 붙잡았던 것들을 다시 마주해야 했다.

김영호와 처음 대면했을 때 명하는 입사하더라도 이 사람만은 피할 수 있으면 싶었다. 과장 타이틀을 달고 있는 김영호는 면접에서 명하의 자질과 업무 능력에 대해서는 한마디도 묻지 않았다. 그가 주목한 건 오로지 외모였다. 이력서에 이름 세 글자와 주민등록번호가 버젓이 적혔는데도 특이한 외모라는 말을 반복하다가 명하의 입에서 기어코 '혼혈'이라는 말이 나오게 만들었다. "거봐, 그렇지. 내가 뭐랬어. 한국에서는 이런 외모가 나올 수 없다니까?" 혼자 껄껄 웃으며 옆자리에 앉은 팀장의 어깨를 툭툭 치는 김영호의 말에 명하는 그저 미소를 지은 채 앉아 있을 수밖에 없었다. 갓 대학을 졸업하고 입사 시험을 본 회사 중 남은 건 여기뿐이었다. 이런 걸 견디는 것도 사회생활의 일부겠지. 면접만 잘 넘기면 괜찮을 거라고 생각했다.

되돌아보면 그때 알아차려야 했을까. 온샘컴퍼니 합격 소식을 듣고 명하는 뛸 듯이 기뻤지만 입사 첫날 김영호가 직속 사수라는 걸 알고 기쁨의 감정은 점차 하향 곡선을 그렸다. 근로계약서에 고지된 수습 기간을 거치고 정식 직원이 되고 나서도 변하는 건 없었다. 명하가 하는 모든 일의 최종 권한은 김영호에게 있었고, 김영호는 명하를 지독히 괴롭혔다.

"와, 아무리 들어도 한국어 진짜 잘한단 말이야. 베트남어로 이건 뭐라고 하지?"

김영호는 명하가 가진 능력과 명하를 설명하는 단어가 딱 하나뿐이라는 듯 똑같은 말을 반복했다. 처음에는 백 보 양보해서 이런 성향의 사람은 일부고 회사에서 할 일만 잘하면 된다 여겼다. 하지만 시간이 지날수록 괴롭힘은 점점 더 심해졌다. 김영호는 다른 두 남자 팀장과 항상 함께였는데 그들 모두 때때로 명하를 불러 세워 이유 없는 불쾌한 농담을 던졌다.

다른 건 참을 수 있었다. 김영호 때문에 배워야 했던 베트남어 몇 마디와 그의 무리 때문에 절대 가지 못하게 된 쌀국수 가게와 어떤 걸그룹의 혼혈이 그쪽 이라던데 기분이 어떠냐는 말들은 견딜 수 있었다. 명하의 사고를 멈추게 한 건 그들이 만든 오픈채팅방의 존재였다.

부재중인 김영호의 책상에 결재 서류를 올려놓다가 발견한 방. 김영호의 실수인지 아니면 보란 듯이 띄워놓았는지 알 수 없지만, 모니터 오른쪽 아래에 끊임없이 올라오는 채팅들을 우연히 확인한 명하는 경악했다. 몇몇 프로젝트를 함께 진행하는 다른 부서 팀원이, 매일 아침 엘리베이터에서 마주치는 경리팀 팀장이, 그 밖에 인트라넷을 통해 이름을 익힌 사람들이 그 방에 실명 그대로 자리했다.

방의 구성원은 전부 남자였다. 업무적으로 긴밀하게 엮이지 않은 사람들이었다. 알 수 없는 약어로 이름을 지정한 채팅방의 주요 내용은 업무도 주식도 투자 정보도 아닌 여직원들에 대한 이야기였다. 그리고 실시간으로 공유되는 사진들. 뒷모습이 찍힌 사진을 공유한 김영호의 채팅에 댓글로 붙은 몇 마디 말들을 확인하고 명하는 숨이 멎는 듯했다. 명하는 가까스로 사무실을 빠져나와 신일빌딩의 비상계단에서 심호흡을 하며 방금 본 모든 것이 잘못 본 것이기를, 그러니까 헛것을 본 것이기를 빌며 도리질했다.

하지만 김영호의 자리에 갈 때마다 명하는 그 방의 존재를 다시금 실감해야 했다. 김영호와 그의 최측근인 영업부 두 사람은 온샘컴퍼니의 남자들로만 구성된 방을 딱히 숨길 생각이 없는 듯했다. 그들은 '방장' 타이틀을 달고 그야말로 열심히 채팅창 안에서 떠들어댔다. 이 방의 존재에 대해 따져 묻고 싶은 생각이 간절했지만 차마 그럴 수는 없었다. 그 말을 뱉는 순간 뒤에서 킬킬거리며 떠들던 농담과 혐오의 말들이 자기 앞을 벽처럼 가로막고 종일 따라다니며 괴롭힐 것만 같았다.

무엇보다 가장 큰 걸림돌은 이곳이 명하의 첫 직장이라는 사실이었다. 대학을 졸업하고 처음으로 들어간 직장에서 못해도 1년에서 3년 정도는 버텨야 한다, 그곳에서 웬만큼 커리어를 쌓아야 이후 이직이 수월하다는 말을 선배들로부터 귀에 딱지가 내려앉도록 들었다. 온샘컴퍼니는 브랜딩 업계에서 최상위는 아니더라도 중간 이상의 순위를 다투는, 소위 잘나가는 기업이었다.

채팅방의 존재를 알고 난 이후로 명하는 핸드폰으로 이뤄지는 모든 것에서 조금씩 멀어졌다. 전화나 문자를 자주 확인하지 않았고, 업무 시간 외에 집이나 출퇴근길에 즐겨 하던 모바일 게임도 그만뒀으며, 운영하던 여러 종류의 SNS는 하나만 빼고 전부 탈퇴했다. 핸드폰은 언제나 진동이나 무음 상태였고, 그마저도 종종 걸려 오는 업무 전화에 소스라치게 놀라는 일이 잦아 정작 중요한 일 확인을 놓치기 일쑤였다. 근태가 나빠진 것은 당연했다. 그럴수록 김영호의 무리가 명하를 대하는 태도 또한 정도가 심해졌다.

명하는 핸드폰과 인터넷을 기피하고 일에 대한 의욕을 조금씩 잃어갔다. 나락으로 떨어지는 명하의 감정과 기분을 먼저 알아챈 사람은 유희였다. 다른 일정은 다 지워도 '식물, 상점'에 들르는 일만은 소홀히 하지 않던 명하가 때때로 발길을 끊었다. 일주일에 서너 번씩 얼굴을 비추던 명하가 열흘이 넘도록 소식이 없자 유희는 명하에게 무언가 일이 생긴 게 틀림없다고 직감했다. 자신이 가꾼 식물들의 근황을 SNS에 자주 올리던 명하의 포스팅이 한 달 전에서 멈춰 있었다.

"이거 하기 전에는 뭐 하셨어요?"

먼저 연락하기를 주저하던 유희에게 오랜만에 찾아온 명하가 뜬금없는 질문을 던졌다. 여느 때와 다름없이 분주한 금요일 저녁이었다. 반가운 기색을 숨김없이 표하던 유희는 들어오자마자 갑작스레 묻는 명하의 표정을 살폈다. 단정한 옷차림과 깔끔하게 묶어 올린 포니테일은 그대로였지만 이전과는 미묘하게 달라 보였다.

"음, 직장에 다녔어요. 한곳에서 꽤 오래 일했어요. 지금 하는 일과는 전혀 관련 없는 일을 했죠."

명하는 유희의 말에 고개를 푹 숙였다. 한곳에 오래 있었다는 말을 곱씹었다. 온샘컴퍼니에 입사한 지 이제 반년이 지났다. 일은 힘들지 않고 오히려 적성에 잘 맞다 싶은 수준이지만 사람들을, 정확히는 김영호와 그의 추종자들을 어떻게 버틸 수 있을까. 명하는 어두운 눈빛으로 눈앞의 식물들을 바라봤다.

그날 명하는 다섯 개가 넘는 식물을 골랐다. 그중 박쥐란은 명하가 오래전부터 부탁했으니 이상할 것이 없었지만 나머지는 좀 의외였다. 아무 생각 없이 눈에 보이는 식물을 닥치는 대로 쓸어 담는다는 느낌을 지울 수 없었다. 유희는 매장 구석에 놓인 바구니가 터질 만큼 화분들을 담아 테이블 위에 쿵 소리가 나도록 내려놓는 명하를 응시했다. 이미 두 주 전에 구매한 식물도 포함되어 있었다. 설마 그사이에 식물이 죽기라도 한 걸까? 지금까지 단 한 번도 그런 적이 없던 명하였다. 유희는 다른 이유가 있을 거라고 생각했다.

테이블 위에 올려진 식물들을 보던 명하는 아차차 혼잣말을 하며 지갑을 꺼냈다. "계산부터 해야지 참, 얼마죠?" 하고 묻는 명하의 말끝이 떨렸다. 유희는 열흘도 더 전에 명하를 마지막으로 봤던 때를 떠올렸다. 집게손가락 정도 되는 크기의 다육식물 여섯 개를 들고 인사하는 명하의 예전 같지 않던 웃음. 분명 억지로 짜내는 미소였다. 몇 번이고 그런 표정을 지어본 적이 있는 유희가 모를 리 없었다.

"잠깐만요" 하며 휘청이는 명하의 어깨를 잡은 유희 앞에서 명하는 완전히 무너졌다. 꼭 쥐고 있던 지갑이 바닥에 떨어지고 테이블 끄트머리에 위태롭게 자리를 지키고 있던 박쥐란이 중심을 잃으며 기우뚱했다. 머리를 아래로 향하던 박쥐란을 안정적으로 잡아 든 유희가 명하를 바라봤다. 이미 명하는 울고 있었다.

유희는 놀랐지만 그런 기색을 보이지 않으려 애를 써야 했다. 유희는 테이블에 기대어 가게 전체가 울리도록 큰 소리를 내며 우는 명하를 보며 처음으로 만났던 때와 처음으로 말을 섞던 때를 떠올렸다. 가게에 들어와 눈을 빛내며 식물들을 관찰하던 명하는 언제나 맑았다. 식물 앞에 서면 걱정 근심이 녹아내리는 기분이 든다고 말할 때의 명하 또한 더없이 투명해 보였다. 유희를 의식하지 않고 자유롭게 가게를 거닐던 명하는 뒷모습에도 밝은 기운을 가득 담고 있었다. 그게 조금씩 희미해진다는 생각이 든 게 언제부터였을까. 날 때부터 총명하고 쾌활했을 듯한 명하에게 점차 그늘이 드리워진 건 언제부터였을까.

유희는 테이블 위의 식물들을 제자리로 옮겨두고 명하를 일으켰다. 명하의 추욱 처진 손목이 파르르 떨렸다.

신분을 속이고 채팅방에 접근하기는 어렵지 않았다. 대부분 실명을 쓰는 그곳에서 익명을 유지하는 사람이 있었기에. 온샘컴퍼니의 사원이 아닌 사람도 있는 듯했다. 한 번도 들어본 적 없는 회사의 이름을 읊으며 자기소개를 하는 몇몇을 따라 유희도 그들 사이에 꾸벅 인사를 남겼다.

채팅방 링크를 전달받는 과정에서 유희는 몇 가지 경우의 수를 생각해야 했다. 혹시 명하가 김영호에게 걸리기라도 하면, 혹은 이곳에 숨어든 유희의 존재를 그들이 알기라도 하면 어떻게 될까. 하지만 주축인 그들은 꽤 허술했다. 또 되돌아 생각하면 명하의 말처럼 수도 없이 떠들고 웃고 즐기는 이 상황을 애써 감추려고도 하지 않는 듯 보였다. 마치 자기들만의 특권이자 놀이라는 듯 어떻게 알고 들어왔느냐는 질문에 유희는 검색을 통해 들어왔다고 대답했다. 김영호는 이 방의 존재가 검색으로도 잡히는 줄은 몰랐다며 너스레를 떨었다. 비밀번호는 모 커뮤니티를 통해 잠시 풀린 적이 있었다. 유희는 명하에게서 전달받았고, 그 숫자를 입력하고 들어오는 사람들은 김영호의 추궁으로부터 자유로웠다. '이희철'이라는 평범한 이름 뒤에 숨은 유희는 쉽게 이들 사이에 녹아들 수 있었다.

이미 몇 년 전부터 불특정 다수가 모종의 계약을 통해 입장할 수 있는 오픈채팅방 내에서 벌어지는 범죄에 사람들이 촉각을 곤두세우고 있었다. 무얼 공유하는지 무얼 위한 곳인지 들어서 알지만 유희는 막상 이름과 성별을 숨기고 이들의 동향을 살피며 오래 버틸 수 있을 것 같지 않았다. 아주 힘들었던 순간들, 지금까지 숨기고자 했던 몇몇 장면들이 원치 않는 방식으로 재생되는 느낌을 받았다. 바로 등 뒤에서 들려오는 고함과 욕설, 어깨와 몸통을 치고 지나가는 거센 팔꿈치들의 감각이 글과 이모티콘으로 변환되었을 뿐 그 결은 같았다. 그런 게 없었다면 유희는 다른 길을 갔을까. 평생을 떠나지 않으려던 곳을 떠나지 않아도 되었을까.

하지만 수백 번 수천 번 다시 생각해도 되돌릴 수 없는 과거다. 모든 것의 시작이었던 이름, 만일 과거로 되돌아간다면 피하지 않을 거라 다짐하고 또 다짐하던 그 이름이 있는 한 바뀌는 건 없다. 김영호의 존재가 명하를 시들게 했듯이 유희 또한 그랬으니까.

뭘 어떻게 해야 할지 몰랐던 과거의 순간들을 유희는 이따금 들여다보았다. 여전히 기억에 남아 있는 남자아이들의 이름과 별명, 아마도 영원히 잊지 못할 '이진호'라는 이름을 유희는 종종 강제로 꺼내야만 했다. 명하가 느끼는 답답함과 불안함 또한 유희가 겪어내야 했던 어린 시절의 그것과 궤를 같이할 거란 확신 때문이었다. 그래서 유희는 김영호가 만든 채팅방에 입장하자마자 그 이름을 가진 사람이 있는지 강박적으로 살피기도 했다. 그때나 지금이나 다름없는 일이 여기서 일어나고 있었으므로. 매일 살얼음판을 걸으며 마주해야 했던 끔찍한 얼굴들을 여전히 기억하고 있었으므로.

그즈음 명하는 회사에 대한 일말의 애정은 진작에 사라졌고, 일 자체에 의욕 또한 사라질 즈음 유희가 먼저 손을 내밀었다. 유희는 오도 가도 못하는 명하에게 지금 명하가 놓인 상황을 예전에 겪어봤다고 털어놓았다. 유희의 입에서 나지막이 흘러나오는 과거의 이야기에 명하는 적지 않게 동요했다. 지금은 이렇게 단단해졌다는 말, 명하도 그렇게 될 수 있다는 말에 입술을 질끈 물고 곧 고개를 끄덕였다. 그 이후 명하는 회사를 포함해 세진시에 얽혀 있던 모든 관계를 끊고 잠적했다.

한편 유희는 틈을 노리며 서두르지 않고 지난한 시간을 버텼다. 명하가 사라지고 난 후 김영호의 채팅방은 하루가 멀다 하고 명하에 대한 이야기로 떠들썩했다. 상상으로도 떠올리지 못할 말들이 종일 오가기도 했다. 그것들의 범람을 바라보며 유희는 기다리고 또 기다렸다. 단 하나의 허점이 드러나면 그것을 기회 삼아 파고들 생각이었다. 모든 대화를 일순간 얼어붙게 만들고, 조잘거리는 모든 입을 닥치게 만들 작은 틈을 찾기 위해 유희는 풀숲에 웅크리고 앉아 숨을 죽였다.

때가 되었을 때 유희는 찾아온 기회를 놓치지 않고 힘껏 쥐었다. 김영호와 측근들이 자주 찾는 온샘컴퍼니의 탕비실, 각 층의 탕비실과 자재실을 잇는 환기구와 송풍구, 주기적으로 탕비실에 머물며 술판을 벌이는 그들만의 고정 스케줄과 작업을 위해 머릿속에서 몇 번이고 돌려가며 기억해둔 신일빌딩 주변부. 실행 당일에 유희가 걱정했던 변수는 하나도 일어나지 않았다. 그들은 놀라울 정도로 철저하게 자신들만의 '룰'을 지켰다.

유희가 마지막까지 고민했던 건 어떤 성분을 이용할까였다. 지난해에 일부를 사용한 초록 열매가 단번에 떠올랐지만 두 번이나 같은 도구를 이용하는 건 좀 위험할 듯했다. 이번에는 좀 더 단맛이 강한 게 필요하기도 했다. 알싸한 쓴맛과 치명적인 독을 숨겨줄 무언가를 유희는 오래도록 고민했다.

가게 안을 살피던 유희의 눈에 뾰족한 잎을 자랑하는 아가베가 순간 들어왔다. 생김새가 알로에와 비슷하여 꽤 많은 사람이 착각하는 식물. 넓은 잎과 단단함을 자랑하는 아가베는 세진시를 떠난 명하가 좋아하는 강인한 식물이기도 했다. 뜨거운 사막이나 대지 위에서도 아름답게 자생하는 식물. 좀 더 크게 자라면 명하에게 보여주려고 관리 중이었다. 유희는 망설임 없이 아가베 곁으로 다가가 누락된 줄기와 잎을 들어 올렸다. 혹시 모자란 게 있다면 그건 알코올 성분이 숨겨줄 예정이었다. 언제나 그랬듯이 말이다.

○

야간근무조를 제외하고 모두가 퇴근한 세진서, 도경은 생각에 잠긴 채 한 시간이 넘도록 앞마당을 서성였다. 주머니에 한쪽 손을 찔러 넣고 다른 손에는 신일빌딩의 설계도를 들고서 정문부터 튤립과 수국

이 심어진 화단 앞까지 종종걸음으로 왔다 갔다를 되풀이했다. 명확한 상이 그려지지 않을 때 자주 나오는 버릇이었다. 반복해서 몸을 움직이다 보면 불현듯 무언가가 떠오르기 마련이었다.

도경은 자판기 앞으로 가 구깃한 1000원짜리 지폐 두 장을 최대한 빳빳하게 펴 자판기에 찔러 넣었다. 몇 초 지나지 않아 자판기는 지폐 두 장을 연달아 뱉어냈다.

"무슨 접점이라도 있나요?"

순간 최유희의 날카로운 목소리가 머릿속에 울렸다. 자판기가 뱉어낸 지폐는 바닥으로 소리 없이 떨어졌고, 도경은 바늘에 찔린 듯 뒤를 돌아봤다. 그때 지폐를 꺼내느라 옆구리에 끼워둔 종이가 팔랑대다 자판기 앞 화단에 꽂혔다.

왜 그 물음에 아무 말도 하지 못했지? 도경은 허리를 숙여 종이를 집어 들며 중얼거렸다. 최유희를 마주하면 항상 이유를 모르게 긴장했다. 명색이 경찰이며 세진서 밥을 먹은 지 벌써 몇 년이라 무서울 것이 없는데 첫 만남부터 뭔가 기이하고 이상한 기운이 느껴지는 사람들을 만나면 자동으로 몸이 굳는다. 아주 잠깐일 뿐이지만 분명 그런 순간들이 있다.

지금까지는 대수롭지 않게 넘겼는데 이제는 인정해야 했다. 최유희와 마주치는 매 순간 도경은 그 기분을 계속해서 복기했다. 수많은 증인과 참고인, 범죄자와 독대할 때마다 형사들은 무언의 기싸움을 한다. 원하는 것을 얻기 위해, 상대방의 허점을 파고들어 자칫하면 놓칠 수 있는 증거를 찾기 위해. 사람을 만나는 일이 업무의 태반이라 셀 수 없이 많은 사건을 맡아 해결한 형사들은 나름의 촉과 법칙이 있다. 수백, 수천 명을 만나면서 쌓이는 노하우. 그게 이 직업의 핵심 역량이자 경험이다.

도경은 며칠 전 세진서에서 마지막으로 만났던 최유희의 뒷모습을 떠올리며 조용히 탄식했다. 도경이 쌓아온 경험이란 그런 것이다. 무언가를 의도적으로 은폐하려고 치밀하게 계획하는 사람들, 각도기로 각을 재듯 정확하게 자기 계획을 이행하는 사람들, 그런 부류에게서만 느껴지는 일종의 그림자 혹은 기운. 최유희는 그걸 모두 가진 사람이었다. 자만하는 건 아니다. 다만 이 감이란 건 틀린 적이 없었다. 그러니 어디서부터 다시 생각해야 할까.

이번은 도경의 실책이 맞았다. 밤이고 낮이고 불빛이 꺼지지 않는 밝은 도시에서 사각지대란 존재하지 않는다고 굳게 믿은 탓이었다. 도경은 자판기가 자꾸만 뱉어내는 지폐를 주머니에 구겨 넣고 오늘 종일 붙잡고 있던 신일빌딩의 설계도를 다시 바라봤다. 조그맣고 빨간 × 표시가 간단한 입체 형태의 그림 여기저기에 붙어 있었다. 카메라로 잡아낼 수 없는 공간이 이렇게 많았다. 그날 최유희를 만나지 않고 바로 빌딩부터 다시 수사했다면 잡아냈을까. 아니, 그렇지 않았을 것이다. 만일 최유희가 꾸민 일이라면 그것까지 계산했을 터다. 도경은 얼룩하게 손때가 탄 종이를 신경질적으로 자판기 옆 쓰레기통에 던져버렸다.

이제 정말 퇴근이라는 걸 하려고 정문 쪽으로 몸을 돌린 순간 번쩍 떠올랐다. 지금까지 놓치고 있던 것, 단 한 번도 깊게 생각해본 적이 없던 질문이 돌연 도경의 머리를 가득 채웠다. 왜, 도대체 왜일까? 왜 최유희와, 그러니까 '식물, 상점'과 엮인 사람들이 실종되었을까. 신일빌딩 사건이 도경의 감대로 최유희와 엮인 것이 맞다면 이유가 뭘까.

자리에 선 채로 도경은 바닥을 내려다봤다. 중요

한 걸 잊고 있었다. 동기. 수많은 실종자의 틈바구니에서 상점이 있는 도산구를 거쳐 간 사람은 모두 남자였다. 왜 남자들만 사라졌을까 의문을 가지긴 했지만 '왜' 그렇게 되었는지 생각해보지 않았다. 그러니까 만일 최유희가 이 모든 사건과 깊게 연관되었다면 최유희를 움직일 강력한 동기가 있어야 했다.

도경은 성큼성큼 세진서 안으로 걸어 들어갔다. 아무도 없는 복도를 지나 고요한 형사 팀 문턱을 넘었다. 구석에서 쪽잠을 자던 박 순경이 발소리를 듣고 화들짝 깨어 눈을 끔벅였다.

"……어, 아직 퇴근 안 하셨어요?"

박 순경이 입을 쩝 다시며 작은 목소리로 말을 건넸지만 도경은 아랑곳하지 않고 책상 앞으로 걸어가 풀썩 소리가 나도록 의자에 깊게 앉았다. 박 순경은 입을 쩝 다시고 다시 잠을 청했다.

도경은 서랍을 열고 안쪽에 밀어 넣은 작은 파일을 꺼냈다. 목격자 조사가 있던 날 아침 진술을 위해 세진경찰서를 찾은 사람들에게 받은 녹음 고지 확인서가 파일 제일 하단에 놓여 있었다. 몇 장 되지 않는 종이들 맨 아래에서 최유희의 동의서를 꺼냈다. 이름과 핸드폰 번호가 적힌 종이를 클립에서 떼어낸 후 모니터 바로 아래 작은 상자에서 빳빳하고 반짝이는 연녹색 명함을 꺼냈다.

이름과 전화번호, 명함에 적힌 메일 주소를 차례로 데스크톱 메모장에 옮겨 적은 도경은 그 글자들을 가만히 노려봤다. 지금까지 찾아볼 생각을 하지 않았던 이유는 접점이 없었기 때문이다. 모든 사람이 그 접점에 대해 물었지만 지금껏 도경은 그걸 찾으려고 노력하지 않고 증거가 찾아와주기를 기다린 셈이 아닐까. 지금부터 할 일은 단 하나, 이 안개 자욱한 사건의 중심에 있는 사람에 대해 파헤치는 일이다.

도경은 의도적으로 숨을 한 번 내뱉고 모니터에 집중했다. 수도 없이 기계적으로 로그인 로그아웃을 반복하던 프로그램을 띄우고 최유희의 이름을 입력했다. 사건의 주요 참고인으로 세진서에 출석한 사람의 인적 사항을 확인하는 건 경찰의 의무이기도 했다. 며칠 전 그 순서를 깜박하고 넘어간 것이 어쩌면 도움닫기가 될 수도 있었다.

곧 화면에 최유희와 관련된 정보들이 떠올랐다. 도경은 자세를 고쳐 앉고 숫자로 이루어진 정보들 사이의 몇몇 단어에 집중했다. 도산구와 세진시 같은 익숙한 글자들을 지나 난생처음 들어보는 이름과 지명이 도경의 수첩에 차례로 적혔다.

강원도, 이안시, 연풍중학교. 도경은 피로한 눈을 비비며 수첩에 옮긴 단어들을 포털 창에 적고 엔터키를 눌렀다.

로즈메리

손을 뻗으면 하늘에 닿을 듯 청명한 도시. 사람들이 이안시를 그렇게 묘사한 이유는 이안시 곳곳에 있는 공원이나 관광 상품 소개란에서 그 문구를 어렵지 않게 찾을 수 있었기 때문일 것이다. 산으로 둘러싸이고 다른 지역보다 고도가 높아 봄철이면 불어오는 황사나 다른 나라에서 시시때때로 유입되는 미세먼지로부터 자유로운 곳. 그래서 자전거길과 등산로가 잘 구비된 편이었다. 이안시에서는 흔하게 파란 하늘을 만날 수 있었고, 사람들은 그걸 보기 위해 일부러 이안시를 찾았다. 특별한 유적이나 즐길 거리, 놀 만한 장소가 많지 않고 산을 굽이굽이 지난 곳에 위치해 접근성이 낮은 편인데도 방문하는 사람 수는 늘 일정 수준 이상을 유지한 채 크게 줄지 않았다.

유희는 이안시를 떠나던 날을 잊을 수 없었다. 이안시를 설명할 때 항상 따라붙는 파랗고 푸른, 자연 그대로라는 수식어들을 처음으로 체감하고, 그들과 영영 멀어짐을 실감하는 날이었다. 가까이 살아 의식하지 못한 것들이 정작 이안을 떠나는 날 눈이 부시도록 선명하게 보였다. 지금까지 전혀 신경 쓰지 않고 살아온 수많은 풍경이 버스 창밖을 빠르게 스쳐 지나갔다.

좌로 우로 흔들리는 고속버스의 감각은 버스가 출발한 후 수십 분이 지나자 잠잠해졌다. 톨게이트를 지나자마자 조금 더 속력을 낸 버스는 너른 고속도로를 질주했다. 좌석에 구겨지듯 앉아 하늘께를 바라보던 유희는 그제야 허리를 펴고 고개를 돌려 창가에 얼굴을 붙였다. 방금 머리 위로 지나간 이안시의 이정표가 점점 멀어지고 있었다. 허리춤의 안전벨트가 몸을 돌려 창밖을 바라보는 유희의 아랫배를 불편하게 조여왔다. 유희는 개의치 않고 버스 창밖으로 빠르게 사라지는 이안시의 상징들을 바라봤다. 자신이 너무도 잘 아는 곳, 평생 떠날 일이 없을 거라고 생각했던 유일한 도시가 한없이 멀어지는 광경을 지켜봤다.

이안시를 둘러싼 크고 작은 산이 시야에서 완전히 사라지자 유희는 눈 끝에 맺힌 눈물을 살짝 찍어내며 길게 한숨을 내쉬었다. 얼마 되지 않는 짐을 작은 트렁크에 정리해 넣어주며 근심 가득한 눈길로 바라보던 엄마, 버스가 터미널에서 사라질 때까지 딸을 향해 손을 흔들던 모습이 떠올랐다. 그 작은 형체 뒤에 붙은 낯익은 공간과 많은 사람 속에서 혹시라도 그 남자아이들을 다시 마주할지 모른다는 두려움 때문에 오래도록 그 모습을 지켜보지 못하고 고개를 돌렸다. 엄마, 세진시의 세 자도 입 밖으로 꺼내지 마. 누가 찾으면 그냥 멀리 갔다고만 말해줘. 사람이 나고 자란 곳을 어떻게 하루아침에 잊느냐며 동네만 바뀌면 상관없지 않으냐고 끊임없이 타이르는 엄마의 말에 그래서는 아무런 소용이 없다며 강하게 고개를 젓던 수많은 시간. 그 시간을 뒤로하고 마침내 마주한 순간 유희는 뒤도 돌아보지 않고 내달리고 싶은 마음과 조금이라도 더 담아두고 싶어 자꾸만 돌아보게 되는 이안시의 풍경 사이에서 혼란을 느꼈다.

10년도 더 전의 일이다. 그 이후로 이안시를 방문하지 않았다. 이안시의 작은 버스터미널도, 세진버스터미널에 내리자 코끝에 훅 내려앉은 낯선 기운도 이제는 희미해지고 있었다. 하지만 이따금 세진시의 고속버스터미널 앞을 지날 때면 그때의 감각이 불현듯 떠올랐다. 거리를 걷다 어렵지 않게 만나는 이름 모를 들꽃, 더울 때 기대어 쉬던 커다란 나무와 눈 감고도 걸어갈 수 있는 골목 사이사이의 풍경. 그것들을 등지고 떠날 채비를 하며 그 지난한 날들을 감추기 위해 얼굴 위로 억지웃음을 띠던 기억은 이따금 머릿속을 잔뜩 헝클고 이내 사라지기를 반복했다. 제멋대로 재생되는 고장 난 비디오나 라디오처럼 예고 없이 그 시간에 떨어졌다 빠져나오기를 반복했다. 영원히 지워지지 않을 그 시간에 유희의 일부를 두고 온 것만 같았다.

그랬기에 이진호에게서 연락이 왔을 때 유희는 이 기회를 반드시 잡아야겠다고 생각했다. 오랫동안 마음속에 굳게 박혀 있던 돌과 상처를 도려낼 기회였다. 그걸 뽑아내면 유희가 반복해서 돌아가야 했던 그 지점으로부터 비로소 자유로워질 것 같았다. 아니, 그래야만 했다.

○

"괜찮다면 핸드폰 번호 좀 줄 수 있을까?"

중학교 3학년 1학기가 시작되던 날 아침 조회가 끝나자마자 이진호가 불쑥 핸드폰을 들이밀며 먼저 말을 건넸다. 함께 다니던 친구들은 3학년이 되면서 다른 반으로 뿔뿔이 흩어지고 개중에 얼굴이 익숙한 아이들을 찾아 열심히 두리번거리던 중이었다. 그런 유희 앞에 말간 얼굴을 한 이진호가 고개를 내밀었다. 유희는 주춤하다 하마터면 우유를 마시던 다른 아이의 팔꿈치를 건드릴 뻔했다. 그 모습을 본 이진호는 재밌다는 듯 웃음을 터뜨렸다.

"아 미안. 처음 말 걸어보네. 나는 이진호야."

유희는 미소 짓는 이진호의 얼굴을 가만히 바라봤다. 직접 말을 섞기는 처음이지만 그의 존재는 연풍중학교에 입학할 때부터 이미 알고 있었다. 이안시는 모든 집의 사정을 속속들이 알 정도로 작은 동네는 아니었다. 그렇다고 엄청나게 큰 도시도 아니어서 조금만 주의를 기울이면 금세 접할 수 있는 정보들이 널려 있었다. 가령 어느 초등학교의 누가 잘생겼고 예쁘다거나, 어느 동네에선 이런 장난감이 유행하는데 이 동네에선 다른 게 유행하더라 하는 말들. 그 중심에는 이진호도 포함되어 있었다.

주목받는 아이들은 그 인기를 먹고 자라는 듯 특유의 반짝이는 기운이 항상 그들을 따라다녔다. 이안시에서 가장 큰 중학교이자 가장 많은 학생이 다니는 연풍중학교의 입학 통지서를 받았을 때 유희는 이진호라는 아이도 같은 학교에 다니게 되었다는 소문을 들었다. 소문의 진원지가 어른들인지 아이들인지는 몰라도 공부도 잘하고 운동도 잘하고 무엇보다 친구들과 두루 친하게 지내는 착하고 바른 아이라는 소문이 은은하게 퍼져 있었다. 유희 역시 그에게 어느 정도 관심이 있어 중학교 입학식 날 고만고만한 남자아이들 사이에서 돋보이는 이진호를 발견하고 먼발치에서 그를 바라봤다. 그 후 2년 동안 같은 반이 된 적은 없지만 역시 학교 내에서 들리는 소문으로 미루어 이진호는 언제나 아이들의 중심에 있었다.

그래서 이진호가 다가와 얼굴을 들이밀며 시선을 맞추었을 때 유희는 저도 모르게 "나는 너를 잘 안다"

라고 말을 내뱉을 뻔했다. 유희의 얼굴이 일순간 붉어졌다. 뒤에 서서 흥미롭게 이 광경을 바라보던 이진호의 친구들은 이 순간을 놓치지 않고 번호 교환을 재촉했다. 꽤 오래전부터 지켜보고 있었다는 이진호의 말이 그날 종일 유희의 귓가에서 웅웅 울렸다.

이성에 관심을 가져본 건 그때가 최초였을 것이다. 유희는 사람보다 사람 외의 것들에 관심이 많았다. 이를테면 학교 가는 길에 핀 꽃들이나 집에 돌아오는 길 곳곳에 서 있는 크고 작은 나무들, 정성스레 가꿔놓은 정원 같은 것들을 들여다보는 일에 더 시간을 쏟았다. 친구가 아주 없지는 않았지만 무리를 지어 놀러 다니기보다 길가의 풀을 들여다보기를 더 좋아하는 유희와 깊게 어울릴 수 있는 아이는 많지 않았다. 아이들이 놀 공간도 한정되어 있어 인기 많은 공원과 놀이터는 언제나 붐볐는데 유희는 그런 아이들의 틈바구니에서 머리를 굴리는 일엔 흥미가 없었다. 외동으로 자라서인지 혼자 놀고 공부하고 먹는 일에 익숙했고, 유일한 가족인 엄마는 장사로 늘 바빠 유희에게 필요 이상으로 신경을 쓰는 사람 또한 없었다.

친구들과 어울리는 대신 식물에 관심을 쏟았던 어

린 시절이 있어 지금의 자신이 있는 게 아닐까 유희는 종종 생각한다. 하지만 그날 이진호에게 번호를 주지 않았다면, 그것을 계기로 이진호와 말을 섞지 않았다면, 그보다 더 앞서 그 아이를 통해 무언가 간질거리는 감정을 느끼지 않았다면, 그러니까 사람이 아닌 대상에 고정한 눈을 돌리지 않았다면 유희는 지금보다 더 나은 삶을 살았을지도 모른다. 그런 수많은 경우의 수 사이를 헤매면서 유희는 엄마를 떠올렸다. 엄마에게도 털어놓지 못하고 끝끝내 눌러 삼켜버린 그 말, 오랜 고민 끝에 딱 한 번 뱉어냈지만 결국 다시 주워 담아야 했던 그 말.

"무서워요."

"무섭다니, 뭐가?"

담임은 눈을 동그랗게 뜨고 앉은 자리에서 유희를 올려다봤다. 정말로 걱정하는 듯한 눈빛과 표정을 보자 꽉 잡은 유희의 두 손이 꿈틀거렸다. 용기 내서 찾아오길 잘했나. 그러나 한껏 힘이 들어간 입에서 이진호의 이름이 나오는 순간 담임은 긴장한 표정을 순식간에 풀며 별거 아니라는 말투로 유희를 달랬다.

"에이, 진호가 설마 그럴 리가. 혹시 둘이 싸우기

라도 했니?"

담임은 곧 유희를 바라보며 덧붙였다.

"그리고 그 시기의 남자애들이 좀 짓궂잖아. 선생님도 그런 시절을 겪어봐서 잘 알아. 원래 남자들은 그래. 그러니까 선생님도 그 시기에……."

그게 아니라고요, 선생님. 그런 게 아닌 것쯤은 저도 잘 안다고요. 목구멍까지 차오른 말을 차마 입 밖으로 내지 못한 건 이진호에 대해 말할 때마다 담임만 아니라 모든 아이, 심지어 제일 친하다고 생각한 반 친구까지 유희에게 똑같은 말을 돌려줬기 때문이었다.

좋아해서 그래.

걔가 너를 아주 많이, 좋아해서.

그때부터 유희는 입을 다물었다. 할 수 있는 일이 아무것도 없다는 생각은 곧 유희를 고립되게 만들었다. 그건 좋아해서 하는 행동이 아니고 누군가에게 관심을 표출할 때 하는 행동이 아니었다. 지금까지 느껴본 적 없는 감정이 마음속 어딘가에서 조금씩 흘러나오고 있었다. 이런 감정이 드는 건 좋은 게 아니라고 이진호에게 나지막이 이야기할 때마다 그는 어른들이 했던 말을 똑같이 반복했다. 너를 너무 좋아해서, 너를 오래 기억 속에 남겨두고 싶어서 그래.

이진호의 나긋한 말투와 진심 어린 표정 사이에서 유희는 오래도록 고민했다. 함께 찍은 사진이 유희의 허락 없이 연풍중학교의 몇몇 아이들이 주축이 되어 활동하는 인터넷 커뮤니티에 올라왔을 때도, 그 커뮤니티에 접속해본 적이 없던 유희가 자기 사진과 그 게시물에 달린 댓글들을 발견했을 때도 스스로 느끼는 이 불편한 감정이 무엇인지 명확히 정의 내릴 수 없었다. 유희에겐 모든 게 처음이었기 때문이다. 좋아한다고 말할 수 있는 감정을 사람에게서 처음 느꼈고, 그 대상이 이성이라는 점도 그랬으며, 항상 먼발치에서 존재만 알던 남자아이와 갑자기 가까워지며 유희의 중심 세계는 변할 수밖에 없었다. 낯선 남자아이들과 몰려다니며 그동안 알지 못한 장소를 알게 되고, 그들이 하는 이상한 행동들을 아무렇지 않게 바라보면서 그걸 '잘나가는 사람들만 하는 것'이라 말하는 목소리들을 들었다.

적당한 거리를 두고 몰래 찍은 게 분명한 사진 한 장을 커뮤니티에서 발견하고 또 그 사진에 설명을 덧

붙인 이진호의 닉네임을 확인하고서야 유희는 완전히 잘못되었다고, 이래선 안 된다고 생각했다. 하지만 사진을 내리고 글을 삭제해달라는 요구에 이진호와 그 친구들은 얼굴도 자세히 보이지 않는데 뭐가 문제냐며 오히려 유희를 몰아세웠고, 그때부터 이진호가 흘린 여러 소문에 시달려야 했다. 아무 관심 없는 척하더니 사실은 혼자 순진한 척하는 여자애였다는 말이 계속 따라 다녔고 유희는 그걸 떨쳐낼 방법을 찾지 못했다. 어느 틈에 유희는 연풍중학교에서 '이상하고 쉬운 여자애'가 되어 있었다.

"고등학교 때도 잘해보자." 이진호의 이 말 한마디가 유희를 연풍중학교로부터 멀리, 그리고 이안시로부터도 멀리 떨어지게 만들었다. 유희는 졸업과 동시에 자동으로 배정받을 연풍고등학교 대신 이안시 중심에서 살짝 벗어나 다소 외진 지역의 고등학교로 진학했다. 내신을 잘 받고 싶어서라는 핑계 덕분에 가능한 일이었다. 숨겨둔 사실을 유희는 누구에게도 말하지 않았다. 눈앞에서 보이지 않으면 자연히 마음도 편안해질 거라고, 그가 자신을 괴롭히는 일은 더 이상 없을 거라고 믿었다.

하지만 이안시는 유희의 생각보다 좁았다. 매일 얼굴을 마주해야 했던 같은 반 시절만큼은 아니라도 이진호에게서 벗어날 수는 없었다. 여전히 커뮤니티에 남아 있는 사진들과 그가 새로 올리는 다른 여자아이 사진들, 그 틈새에서 낄낄거리며 자신들의 평가를 지웠다 올리기를 반복하는 익숙한 닉네임들이 있었다. 이를 자주 머릿속에 떠올리며 유희는 내일 아니면 적어도 모레, 혹은 가까운 시일 내에 세상이 돌연 멸망해버리기를 바랐다. 그때부터 이안시를 떠나겠다는 마음을 굳혔다.

몰래카메라에 관한 이야기를 들으면 유희는 두근거리는 마음을 애써 숨긴 채 하던 일을 멈추고 그 이야기에 귀를 기울였다. 뉴스나 라디오에서 흘러나오는 이름 중에 유희가 아는 이름, 유희를 자꾸만 과거로 돌아가게 만들어 잊으려야 잊을 수 없는 그 이름이 있을 것만 같았다. 가끔 관련 뉴스가 크게 보도될 때마다 흐릿하게 모자이크된 사진과 영상 속에서 이진호의 얼굴을 찾곤 했다. 유희와 시선을 맞추며 환하게 웃던 표정과 얼굴은 그때로부터 얼마나 변했을까. 고등학교를 졸업하자마자 이안시를 떠나 세진시로

온 후 다양한 사람을 만나고 수많은 얼굴을 마주하면서 이진호의 모습은 점점 잊히는 듯했지만 그와 비슷한 양상을 보이는 남자들은 끊임없이 불쑥 나타나 다시금 유희를 중학교 3학년 1학기 첫날, 낡은 교실의 셋째 줄 중간 자리로 데려갔다.

이제 여름의 기운이 만연했다. 유희는 주황과 초록으로 색칠한 당근 모양의 물뿌리개를 들고 마당에 서서 자신이 밟고 있는 땅바닥을 한참 내려다봤다. 끊임없이 여자를 괴롭히던 남자들. 그들은 마치 보이지 않는 굵은 선이 머리 위로 이어져 있는 것처럼 공통점이 있었다. 그들이 자기 감정을 의도적으로 표출하는 대상은 정해져 있었다. 어쩌다 그들과 엮인 여자들에게서 반복되는 악순환의 고리를 끊으려면, 결국 시발점을 찾아 말끔하게 지워야 했다. 유희는 그동안 '식물, 상점'을 거쳐 간 여자들을 떠올렸다. 지속적으로 연락하며 지내는 사람은 거의 없었다. 하지만 그들과 나눈 마지막 대화, 그들과 헤어지며 마주한 마지막 얼굴은 잊을 수 없었다. 모두 저마다의 평안을 얻었을까.

유희는 물이 가득 찬 물뿌리개를 아래로 기울였다. 손목의 무게중심이 왼쪽으로 이동하며 촘촘한 구멍을 따라 물이 방울방울 흘렀다. 그렇다면 나는 어떤가. 이 흙을 밟고 서 있는 나야말로 정작 해야 할 일을 못 한 게 아닐까. 물줄기 몇 가닥이 물뿌리개 아래를 적시며 발 위로 떨어졌다. 발등에 축축한 기운이 느껴졌지만 유희는 움직이지 않고 남아 있는 물을 모두 비웠다. 이젠 계속해서 과거로 회귀하던 트라우마와 작별할 준비가 되었다.

어떻게, 어떤 방법을 써야 할까. 무작정 고향으로 달려가야 할까, 펼쳐볼 생각조차 하지 않은 중학교 앨범을 뒤져야 할까. 연풍중학교와 연고가 전혀 없는 고등학교로 전학한 후 유희는 친구를 만들지 않았다. 안간힘을 다해 이안시를 벗어날 생각뿐이었기 때문이다. 방과 마당에 두고 키운 많은 식물이 그 시기의 유희를 어떻게든 붙잡아주었다. 그렇게 몇 년을 함께한 식물 대부분은 집과 회사, 상점으로 이동하며 유희의 곁을 오래도록 지키고 있었다.

고향에 가족이 있지만 그뿐이었다. 유희가 좋아하고 애정하던 이안시의 모든 기억은 중학교 3학년 봄에 멈춰 있었다. 그 이후로 더 나아가지 못하고 영원히 얼어붙은 기억의 끈을 처음부터 다시 뒤질 생각은 전혀 없었다. 십몇 년 만에 내려가 곳곳을 돌며 찾아다니고 싶은 생각도 없었다. 유희는 그를 찾을 수십 수백 가지 방법을 계절이 지날 때마다 고민하고 또 고민했다.

바깥에 조금만 서 있어도 땀이 비 오듯 쏟아지는 습도 높은 끈적한 날들이 시작되었다. 제습기와 함께 적정 온도로 맞춰둔 에어컨 바람을 맞으며 유희는 본격적인 여름을 나기 위한 준비를 시작했다. 올해도 봄철의 오락가락하는 날씨를 견뎌내고 비로소 완연히 커다란 잎을 뻗는 식물들이 있었다. 유희는 그들이 여름을 나기 적합한 장소를 가늠하고, 너무 센 햇볕을 받지 않도록 창문 몇 개에 아주 얇은 시트지를 덧댔다.

테이블 위에 잔뜩 놓인 시트지 조각들을 한쪽으로 치우고 앞치마 주머니에서 손바닥만 한 커터 칼을 꺼냈다. 습도만큼 조도도 중요해질 무렵이었다. 멀리서 봐도 시트지가 붙은 창과 그렇지 않은 창의 밝기는 확연히 차이가 났다. 올해 여름은 작년보다 볕을 좀 더 조절해야겠다는 생각이 들어 크게 떼어 온 시트지의 마지막 롤을 막 재단하려던 참이었다. 커터 칼날이 올라오는 드드득 소리에 맞춰 테이블 구석에 엎어둔 핸드폰이 진동했다. 유희는 핸드폰 쪽을 흘끔 바라보곤 곧 시선을 거두며 시트지에 집중했다. 급한 연락이 올 일은 없었다. 기껏해야 문의 문자나 거래처의 영수증, 혹은 스팸 문자겠지.

유희가 시트지를 길고 곧게 자르는 동안 핸드폰은 진동을 반복했다. 유희는 칼을 들고 선 채로 더 길게 핸드폰을 응시했다. 더 이상 울리지 않는 걸 보니 전화는 아니고, 그렇다면 메시지가 분명하다. 영업일이 아니니 무시해도 되었다. 혹시 얼마 전 수입처에 부탁해 놓은 세라믹 화분이 도착했다는 연락일까? 유희는 커터 칼을 테이블에 그대로 올려두고 손을 뻗어 핸드폰을 집었다.

010-76××-5890. 메시지의 발신인은 저장된 이름이 아니었다. 메시지를 선택해 열기 전에 알림 내용을 먼저 읽었다. "최유희 씨 핸드폰 맞나요?" 혹시 택배기사일까? 유희는 문자 알림을 선택해 연달아 와 있는 메시지의 전체 내용을 확인했다.

유희는 다섯 개의 메시지 중간에 있는 이름 세 글

자를 가만히 들여다보며 숨을 삼켰다. 상점 계정에 내가 이름 말고 다른 정보를 올린 적이 있나. 앞뒤 생각할 것 없이 곧바로 손이 움직였다. 열한 자리 숫자를 누르자 통화 버튼이 크게 핸드폰 화면에 잡혔다.

"여보세요?"

전혀 변하지 않은 목소리, 평생을 잊을 수 없던 그 목소리가 귓가에 꽂혔다. 유희는 크게 숨을 고른 후 입을 뗐다.

○

유희는 언제나 흔적을 남기지 않았다. 어릴 때부터 앉거나 누운 자리를 말끔하게 정리하는 습관을 들였고, 그 습관은 성인이 되어서까지 계속됐다. 누가 가르쳐주지 않았는데도 그랬던 건 항상 장사로 바빠 귀가가 늦는 어머니 때문이었을 것이다. 집안일은 늘 쌓여 있었고 어머니는 언제나 분주하게 움직였지만 모든 걸 꼼꼼하게 처리할 수는 없었다. 스스로 앞가림을 할 만큼 자랐을 때부터 유희는 어머니가 미처 신경 쓰지 못한 일들을 해결했다.

무언가를 꺼내면 반드시 제자리에 두어야 하고, 무언가를 만들면 그 과정에서 생긴 여러 가지 부수적인 것들을 정리하고 버려야만 속이 시원했다. 매사에 각을 맞추고 자로 재듯 생활할 수는 없지만 적어도 어떤 행동의 전과 후가 별다른 차이가 없게끔 하려고 노력했다. 어질러진 상태가 오래가면 악순환이 거듭된다는 걸 유희는 어려서부터 아주 명확히 깨달았다. 결국 그 자리에 눕고 먹고 생활해야 하는 건 자신이었다. 아주 오랜 시간 계속된 습관은 '식물, 상점'에 고스란히 투영되었다. 이곳에서 일어난 모든 일은 당연히 흔적이 남지 않아야 했다.

흙이나 마른 잎 부스러기가 손이나 발, 옷, 머리카락에 잔뜩 묻는 건 상관없지만 그 상태로 계속 지낼 수는 없었다. 반드시 손을 씻고 운동화에 들러붙은 흙먼지를 모조리 털어야 했으며, 머리카락이 흘러내려 시야를 가리거나 쓸데없는 것이 묻지 않게 항상 단단히 묶고 또 확인했다. 무언가 묻는 건 대수롭지 않았다. 중요한 건 항상 그 뒤처리였으니까. 온갖 오물을 묻혀도 좋아하는 공간으로 들어가는 문턱을 넘을 때면 옷매무새를 확인했다. 그 반대도 마찬가지였다. 이 공간에서 벌어진 일들을 밖으로 새어 나가게 할 생각은 없었다.

아마도 그런 수고 덕분에 상점의 모든 식물이 뿌리 파리에 시달릴 때, 갑작스럽게 응애 벌레가 여기저기 붙기 시작할 때 적당히 고비를 넘길 수 있었을 터다. 식물과 흙의 양분을 좀먹는 벌레들의 유입을 하나부터 열까지 전부 꼼꼼하게 막지는 못했다. 고민과 고심의 지난한 시간들이 있었지만 일단 문제가 생기면 유희는 흔적을 남기지 않고 처리했다.

이번에도 그럴 수 있을까?

유희는 들쑥날쑥한 습도 변화를 틈타 화분 몇 개에 빼꼼히 고개를 내민 이름 모를 버섯들을 바라보며 생각했다. 장마가 아직 시작되지 않은 여름 초입에 무덥고 습한 날이 이어지고 있었다. 비가 온 후에는 습도는 높아도 쾌적한 날이 많았는데 이번 여름은 뭔가 다른 듯했다. 기후 변화로 매년 조금씩 바뀌는 날씨를 누구보다 섬세하게 느끼고 있어 비교적 철저히 대비하는 편이지만 갑작스레 나타난 복병은 당할 재간이 없었다.

머리를 동그랗게 펼칠 준비 중인 버섯들은 콩나

물같이 얇고 긴 줄기 위에 아주 작은 우산 모양의 갓을 얹고 있었다. 가장 큰 버섯은 눈에 확 들어와 관찰하기 쉬웠고, 그 옆의 버섯은 아주 집중해서 바라보아야 겨우 생김새를 분간할 정도였다. 전부 지난 저녁, 그러니까 퇴근할 때까지 보이지 않던 것들이다. 하얀 줄기가 화분 쪽에 군집하여 붙어 있었다. 이렇게 생긴 버섯은 유희가 처음 보는 것이었다.

버섯균에 대해서는 잘 몰랐지만 기생해 있는 식물에 특별한 해를 끼치지 않는다는 정도는 알았다. 가끔 산이나 들에서 나무 기둥에 굳건히 붙어 있는 버섯을 발견할 때면 눈살을 찌푸리기보단 오히려 행운이라고 생각하는 쪽이었다. 뜯어서 섭취하지만 않는다면 해가 될 건 없다. 문제는 그대로 놔두었다간 하루가 멀다 하고 우후죽순 여러 화분을 잠식할 테고, 곧 버섯을 키우는지 식물을 돌보는지 분간이 가지 않을 지경에 이를게 뻔했다. 이곳은 산이나 밭, 들이 아니라 가게다. 자주는 아니지만 아이들도 종종 오고, 호기심 많은 어른도 한 번은 만져볼 가능성도 무시하지 못했다.

식물과 함께 자라는 버섯은 보이는 즉시 뽑아야 한다. 또 포자가 흙에 남아 있을 확률이 높기에 반드시 흙의 일부를 버리고 새 흙으로 채워줘야만 했다. 유희는 화분 앞으로 간이 의자를 끌어와 앉아서 곧 작업을 시작했다. 실리콘 장갑을 낀 손에 버섯의 포실하고 끈적한 느낌이 고스란히 전해졌다. 손을 꽉 쥐면 흐물하게 뭉개질 정도로 약하지만 특유의 촉감 때문에 버섯을 손에 쥐고 뽑는 일 자체가 고역이었다.

유희는 버섯을 꼼꼼히 뽑아내면서 이따금 핸드폰을 올려둔 큰 고무나무 화분 쪽으로 시선을 돌렸다. 작업할 때 끌러두는 스마트워치도 그대로 손목에 차고 있어 핸드폰에 알림이 오면 바로 확인할 수 있었지만 좀처럼 안심이 되지 않았다.

"마침 직장이 그 근처라 네 말대로 이번 달 안에 한번 들를게. 네가 세진시에 있을 줄은 생각도 못 했지 뭐야."

이진호와의 대화를 떠올리자 곧 유희의 손바닥이 축축해졌다. 마치 일주일 만에 통화하는 듯 나직한 말투와 반가움을 표출하는 목소리. 거기에 대고 갑자기 과거의 일을 따지고 들 생각은 없었다. 어쨌든 유희가 바라던 기회였다. 15년이 넘는 동안 머릿속에서 곱씹던 상황이었다. 무엇보다 제 발로 이 가게의 문턱을 넘어오기 전까지는 그가 경계할 상황을 만들어서는 안 되었다.

하지만 너무 갑자기 찾아온 순간이었고, 그 짧은 찰나에 생각하지 못한 문제들이 있었다. 직장이 근처라고 말했지만 정말 올까? 만약 찾아온다면 혼자서일까, 아니면 가족이나 친구와 함께일까? 누구와 언제 올지, 혹은 혼자 올지 명확하게 묻지 않은 건 실수였다. 결국 유희는 전화를 받은 후로 내내 그의 다음 연락을 기다리는 꼴이 되어버렸다.

자신도 모르게 힘을 준 손 안에서 작은 버섯들이 뽀드득 소리를 내며 뭉개졌다.

○

“계세요?”

상점을 둘러싼 펜스의 걸쇠가 덜컹거리는 소리가 들렸다. 마당 한가운데서 흙을 뒤집어쓴 채 바쁘게 손을 움직이던 유희는 깜짝 놀라 고개를 돌렸다. 발아래에서는 아직 완전히 묻지 못한 손가락 두 마디가 올려다보고 있었다.

골목 반대편 끝 공사장 소음 때문에 펜스 밖에서 나는 소리가 정확히 들리지 않았다. 다만 누군가 있고, 가게 안을 기웃대는 중이라는 건 알 수 있었다. 설마, 아니겠지. 유희는 삽을 내려놓고 땅바닥에서 고개를 내밀고 있는 것을 발로 꾹 밟은 다음 손으로 그 위에 흙을 대충 얹었다. 그리고 숨죽이며 펜스 입구 쪽을 다시 살폈다.

"안에 계시죠?"

순간 공사장 소음이 멈췄고, 그 틈을 타고 유희가 너무도 잘 아는 목소리가 귓가에 또렷하고 정확히 꽂혔다.

"세진서 차도경입니다. 사장님 안 계시나요?"

유희는 크게 숨을 삼켰다. 차도경이 왜 지금 찾아왔는지 알 길은 없었다. 무슨 실수라도 했을까? 아니, 그럴 리 없다. 혹시 그사이 그의 행적을 쫓았나? 아니, 그것도 불가능하다. 차도경은 그를 모른다.

귀 안쪽에서 심장 소리가 빠르게 울렸다. 진정, 진정하자, 최유희. 무슨 일인지 몰라도 이번만큼은 잘 넘겨야 한다. 유희는 흙이 여기저기 난잡하게 파헤쳐진 마당을 내려다봤다. 정리가 아직 완전히 끝나지 않았다. 지금 이곳은 완벽하지 않다. 그 사실이 유희의 속을 뒤틀리게 만들었다.

"네, 잠시만요."

유희의 대답 너머로 공사장에서 기계가 다시 움직이기 시작했다. 도경은 포클레인이 삐걱대는 소리를 들으며 펜스 앞에서 두어 걸음 물러났다.

사실 목적이 있어 온 건 아니었다. 오히려 이곳을 머릿속에 떠올리면 윗배가 살살 아파올 지경이었다. 그저 마지막으로 확인하고 싶었다. 어쩌면 다른 단서를 찾을지도 몰랐다. 상점 골목 초입을 서성이던 도경은 주머니에 든 수첩을 이유 없이 만지작거렸다. 이제 이런 자신이 답답해 보일 지경이었다. 그때 상점에 크게 둘러 쳐놓은 수상한 잿빛 천이 눈에 들어왔다. 도경은 서둘러 걸음을 재촉했다.

잿빛 가림막과 펜스는 공사장에서 흔히 볼 수 있는 것이었다. 뒤쪽에서 얕게 울리는 소음에 도경은 무의식적으로 공사장을 돌아봤다. 길게 위로 올라온 포클레인의 버킷 부분을 확인하고, 다시 뒤로 돌아 점을 둘러싼 천막과 철제 펜스를 살폈다. 증축 공사라도 하나? 하지만 그런 것치곤 너무 조용했고, 또 중장비가 들어가지 못할 만큼 촘촘하게 천막을 쳐놓았다. 천막은 날카로운 물건으로 조금만 긁어도 떨어져 나갈 것처럼 보였다.

직사각형 모양의 간이 문에 철제 펜스의 여러 부분이 맞물려 있었다. 입구가 확실했다. 조심히 문을 밀었지만 열리지 않았다. 그런데 인기척이 느껴졌다. 도경의 배 안쪽에서 무언가 꿈틀거렸다.

곧 걸쇠가 열리는 소리가 나고 유희가 문틈으로 고개를 내밀었다. 도경은 흙먼지가 잔뜩 묻은 유희의 머리카락과 얼굴을 빤히 바라봤다.

"무슨 일이시죠? 오늘은 영업을 안 하는데요."

"아, 그냥 지나가다가요. 이사라도 가시는 건가요? 아님 내부 공사?"

유희는 입술을 꽉 깨물며 일부러 불편한 기색을 나타냈다.

"네, 일종의 공사죠. 정리해야 할 것들이 있어서요. 그런데 남의 매장에 방문할 생각이라면 적어도 공지는 확인하셔야 하지 않았을까요?"

유희는 주머니에서 핸드폰을 꺼내 보이며 말했다. 도경은 가만히 듣고 있었지만 신경이 온통 유희의 어깨 너머 잔뜩 파헤쳐진 바닥에 쏠려 있었다.

"마당을 전부 파낼 정도의 대공사인가 봐요?"

"……아무래도 제 말을 그냥 흘려들으신 것 같네요."

차갑게 내뱉는 유희의 대답을 듣던 도경은 아주 짧은 순간 움직이는 유희의 시선을 놓치지 않았다. 태연한 듯 보이지만 불안에 잠식된 듯한 표정. 평소와는 달랐다. 갑자기 공사는 왜 하는 걸까?

"제가 이상한 식물을 찾았는데요."

도경은 유희의 대답 따윈 아랑곳하지 않고 말했다. 그런 도경을 보며 유희는 문을 닫으려고 한 걸음 물러섰다. 이렇게 낭비할 시간이 없다. 요즘 같은 습도에 시간을 더 지체할 수는 없었다.

"사람을 죽이는 식물이 있다는 걸 아세요?"

이어서 들려오는 도경의 말에 유희는 움직이던 손을 멈췄다. 그리곤 표정 변화 없는 얼굴로 도경을 쏘아봤다.

"모든 식물은 소량의 독을 품고 있죠."

"그래서 제가 좀 물어보고 싶은 게 있어서요. 식물에 관해서는 박사시니까."

한편 아무렇게나 나오는 대로 말을 붙인 도경은 속으로 쾌재를 불렀다. 유희는 도경의 표정을 살폈다. 도경의 눈은 감정을 읽기가 쉬웠다. 궁금증이 가득 담긴, 무언가를 확신하는 듯한 표정. 세진서에서 마지막으로 만났을 때 보였던 분노에 찬 눈빛은 온데간데없이 사라지고 없었다. 감정이 고스란히 드러나는 얼굴을 보며 그를 쫓아내자는 계획을 바꿨다. 유희는 문을 활짝 열며 들어오라는 몸짓을 해 보였다.

"보시다시피 마당이 난장판이라 저쪽 나무를 밟고 안으로 들어가셔야 하는데요."

자루에 담긴 흙더미와 지푸라기, 거름으로 보이는 진한 흙 덩어리를 보고 도경은 잠시 멈칫했지만 곧 성큼성큼 가게로 향했다. 유희는 앞서 걸어가는 도경이 바닥을 밟을 때마다 그의 운동화에 흙먼지가 붙었다 떨어지는 모습을 유심히 바라봤다. 그러면서 마당 중앙에 놓인 삽 언저리를 곁눈질했다.

밖에서는 맡지 못한 진득한 흙냄새가 훅 끼치자 도경은 이상한 기분이 들었다. 마치 인적이 없는 숲 한가운데에 들어온 느낌이었다. 여러 번 방문했지만 완전히 뒤집어진 마당을 보고 있자니 다른 세계에 있는 듯한 이질감이 들었다. 가게로 이어지는 계단을 올라가 도경은 마당의 끝에서 끝까지 천천히 눈으로 훑었다.

“그 앞은 미끄러우니 조심하세요. 이끼를 정리하는 중이거든요.”

도경의 눈길이 마당 중앙에 있는 삽 근처로 향하자 유희가 말했다. 도경은 발밑으로 시선을 주었다. 바닥에서 미끌하고 질척대는 감촉이 느껴졌다.

“내부 공사 중이라더니 마당만 하나 봐요?”

가게에 들어선 도경이 유희를 바라보며 물었다. 유희는 도경을 따라 들어오며 몸과 머리카락에 붙은 흙을 털었다

상점은 여느 때와 마찬가지로 차분한 모습이었다. 은은하고 시원한 에어컨 바람이 도경의 얼굴에 닿았다. 몇 달 전이었다면 현기증을 느꼈을 공간에 아무렇지 않게 발을 딛고 있는 자신이 신기했다. 최유희를 쫓으며 식물들을 수없이 들여다본 덕분일까.

유희는 가게 문을 열어둔 채 테이블 쪽으로 향했다. 도경은 여느 때와 달리 여기저기 기웃거리며 가게 안의 식물을 하나하나 조사했다. 유희의 가게에는 평

생 듣도 보도 못한 식물이 많았다. 새로운 단서가 있을지도 모른다는 생각에 도경은 수첩을 꺼내 처음 듣는 식물들의 이름을 모조리 적어 내려갔다. 유희는 안도했다. 그가 이 안에서 얻을 건 아무것도 없었다.

유희가 냉장고에서 캔 음료를 꺼내 건넸을 때야 도경은 바삐 움직이던 걸음을 멈추고 문 앞의 간이 의자에 앉았다. 고요한 가게 안에 캔 따는 소리와 음료를 벌컥벌컥 마시는 소리가 연달아 들렸다. 도경이 마지막 방울을 입에 털어 넣으려고 고개를 들자 목덜미 바로 옆에 넝쿨로 묶어둔 식물의 잎이 흔들렸다. 도경은 엉겁결에 그걸 잡았다. 허브 향이 도경의 코를 자극했다. 분명 어디선가 맡아본 적이 있었다.

"로즈메리는 잘 키우고 있나요?"

땀이 송골송골한 채로 잎의 끄트머리를 잡고 있는 도경을 보며 유희가 물었다. 도경은 그제야 뭔가 깨달았다는 듯 잎을 더욱 가까이 바라보았다. 길게 늘어진 이파리들 사이에 일부러 떼어낸 듯한 빈 공간이 도경의 눈에 들어왔다.

○

머리를 감싼 채 몸을 앞으로 숙이는 이진호의 어깨에 로즈메리의 줄기가 닿았다. 유희는 재빨리 몸을 움직여 밑으로 곤두박질칠 뻔한 로즈메리 화분을 붙들었다. 흔들리던 화분은 이내 제자리를 찾았지만 아래로 길게 내려온 로즈메리 줄기 몇 가닥은 이진호의 몸에 쓸려 바닥으로 떨어졌다.

"어……?"

휘청이는 다리를 애써 세우려 안간힘을 썼지만 그 의지와 상관없이 이진호는 곧 주저앉고 말았다. 엉겁결에 두 손으로 바닥을 짚었고, 엇갈린 손등 위로 핏방울이 두둑 떨어졌다. 이진호는 고개를 돌려 자신을 내려친 유희를 바라봤다.

물음표가 잔뜩 그려진 듯한 이진호의 얼굴은 하얗게 질려 있었다. 당황한 기색이 역력한 눈동자가 아주 천천히 가게 안을 훑었다. 다리를 들어보려 해도 몸이 여전히 말을 듣지 않았다. 유희는 바닥에 붙어 있다시피 한 그를 내려다보며 반걸음 뒤로 물러났다. 손바닥을 흥건하게 적신 땀 때문에 삽이 그대로 손에서 빠져나가려는 걸 단단히 잡아 올렸다.

유희는 이진호의 얼굴을 가만히 들여다봤다. 십수 년을 돌아가 기억에서 지우고 싶은 순간에 박제되어 있는 그 얼굴과 표정, 손짓, 목소리. 많이 변했지만 거리에서 우연히 마주했다면 심장이 떨어져 나갈 만큼 혼란에 빠졌을 게 분명하다. 바로 지금처럼 말이다.

유희는 널브러져 있는 이진호 앞으로 천천히 다가가 고개를 들이밀었다.

"다시 말해봐."

"……."

"말해보라고."

이진호는 대답 없이 유희를 올려다봤다. 유희는 겁을 잔뜩 집어먹은 듯한, 자신은 무해하고 무고하다는 표정을 지으며 이쪽을 바라보는 이진호의 눈동자를 길게 응시했다. 하얗다 못해 푸른빛이 도는 얼굴과 정수리 언저리에 고이기 시작한 선홍빛 피. 그가 단숨에 비운 플라스틱 물컵은 바닥에 나동그라져 있었다. 유희는 삽을 내려놓고 바닥에 떨어진 로즈메리 줄기를 집어 테이블 위에 놓인 물통에 꽂았다.

“도대체…… 왜…….”

힘들게 오므린 입으로 이진호는 몇 마디 말을 토해냈다. 유희는 안간힘을 쓰는 그의 모습을 바라봤다. 저런 모습을 보려고 지금까지 기다렸나. 절로 실소가 나왔다.

이제 와서 연민을 느끼는 건 아니었다. 꽤 오랜 시간 공들여 다져놓은 계획도 수정할 생각은 없었다. 이 상점은 오늘을 위해 마련된 것일지도 모른다. 곳곳의 화분들, 그리고 마당에 자리한 나무들 밑에서 거름이 되어 썩고 있는 자들은 모두 지금의 결말을 위한 발판이었을 터다. 나도 웃을 수 있을까. 길에서, 지하철에서, 버스에서 행여나 마주치지 않을까 조마조마하던 마음을 이제는 완전히 내려놓을 수 있을까.

이진호는 다시 바닥으로 고개를 떨궜다. 가게에 들어오며 유희가 원하는 말을 했더라면 그냥 보내주었을지도 모른다. 그가 먼저 그때 이야기를 꺼내지 않았더라면 시간을 가지고 차분히 그에게서 듣고 싶은 말을 꺼냈을 수도 있었다.

“그래도 그때 정말 좋았는데. 기억나지? 중학교 때 말이야.”

그 말이 귓가에 박히자마자 유희는 화분에 기대어 있던 삽을 들어 이진호를 향해 휘둘렀다. 침착하자고, 지금까지 그래왔던 것처럼 깔끔하게 처리하자고 다짐했건만 예상하지 못한 말 한마디에 끝내 잡고 있던 끈을 놓아버렸다. 그 자리에 이진호가 서 있는지도, 유희가 건넨 물을 다 마셨는지도, 이진호 뒤에 무엇이 있는지도 전혀 파악하지 못했다.

이진호가 쓰러지면서 벽에 걸린 로즈메리 화분이 앞뒤로 달랑거리는 걸 보고서야 유희는 비로소 이성을 되찾았다. 앞뒤 가릴 새 없이 뻗어 나간 유희의 손은 다행히 가야 할 곳에 다다랐다. 짧게 안도하며 숨을 고른 유희는 잠시 그 자리에 서서 소동이 일어난 쪽을 훑었다. 귀와 목구멍 안쪽에서 심장이 뛰는 소리가 아주 빠르게 들렸다. 로즈메리 외에 다른 식물은 괜찮았다.

바닥에 엎드린 이진호가 곧 분노로 바뀐 눈빛을 보냈다. 그는 어떻게든 손을 움직여 무언가를 잡기 위해 애쓰고 있었다. 하지만 유희의 손이 더 빨랐다.

“기억이 나냐고…….”

유희는 자리에 앉아 시선을 맞추며 말을 이었다.

"어떻게 그런 말을 할 수 있는 거지?"

사실 이진호가 문을 열고 들어올 때만 해도 유희는 고민하고 있었다. 만일 여기까지 찾아온 이유가 사과하기 위해서라면, 그래서 일부러 방문한 것이라면 어떻게 행동해야 할까. 어떤 남자들의 입에서도 끝내 나오지 않았던 그 말을 만약 이진호가 뱉게 된다면 어떻게 해야 할까.

그러나 유희의 고민은 혼자만의 것이었다. 굳게 다문 그의 입은 열리지 않았다. 정말로 아무것도 모른, 아무런 잘못도 없다는 표정으로 올려다보는 그 눈빛을 바라보며 유희는 심한 구역질을 느꼈다.

말해. 말하라고! 미안하다는 말 한마디만이라도 하란 말이야.

삽을 한 번 더 강하게 내려치기 전에 유희는 속으로 중얼거리며 잠시 손을 멈칫했다. 그때 "널 좋아해서 그래"라는 그 말이 떠올랐고, 유희는 곧 허공에 멈춘 팔을 힘껏 아래로 움직였다.

미안하다는 말을 먼저 했어야지.

저 문턱을 넘어올 때 나를 보며, 그땐 내가 잘못했었다는 말을 했어야지.

왜, 너희는 도대체 왜 그 말 한마디를 하질 않아서.

여기저기 흩뿌려지는 선혈에도 아랑곳하지 않던 유희는 손가락 사이에 쥐가 오르기 시작할 때야 삽을 내려놓았다. 챙 하고 울리는 금속음에 유희는 고개를 들어 눈앞의 상황을 제대로 목도했다. 삽이 향한 방향으로 찢어진 천 조각들, 흙과 자갈을 깔고 누워 마치 작은 동산처럼 보이는 몸뚱이, 영원히 벌어지지 않을 입과 움직이지 않을 손. 손목을 잡아끌고 등을 감싸며 핸드폰의 연사 버튼을 계속해서 누르던 저 손과 손가락은 이제 누구에게라도 두 번 다시 그때의 행동을 되풀이할 수 없을 것이다.

유희는 얼룩덜룩해진 앞치마를 벗어 내려놓고 천천히 일어났다. 시계는 막 오후 4시를 지나고 있었다. 불과 한 시간이 지났을 뿐인데 영겁의 시간처럼 느껴졌다. 이마에서 흘러내리는 땀방울에 눈이 약간 아려왔다.

눈을 깜박이며 정문으로 걸어간 유희는 그제야 두 개의 걸쇠 모두 제대로 잠그지 않았다는 사실을 깨달았다. 등 뒤에서 소름이 오소소 올라왔다. 왜 이랬지. 휴무일이기는 하지만 상점 계정의 공지를 확인하지 않고 찾아오는 사람이 있을지도 몰랐다. 유희는 가늘게 떨리는 손을 들어 걸쇠를 단단히 잠갔다. 그리고 시계를 다시 확인하며 앞으로 해야 할 일들을 생각했다. 지우고 옮기고 정리하는 데 꼬박 며칠이 걸리겠지. 공지부터 올려야 할까. 아니면 준비해둔 펜스부터 칠까.

세면대 위에 달린 거울 앞에 다다라서야 유희는 엉망인 자기 모습을 직시했다. 땀으로 범벅인 리넨 셔츠, 반쯤은 풀려 흘러내린 머리카락, 충혈된 눈과 얼굴 여기저기 상처처럼 달라붙은 핏자국.

"엉망이네."

흐르는 물에 손을 씻으며 유희는 중얼거렸다. 거울에 보이는 이 사람이 내가 맞을까. 언제나 흐트러지지 않고, 작고 사소한 일에 분개하지 않으며, 지난한 시간 속에서도 냉정을 유지하려 노력하고 그렇게 지내왔다. 오늘은 그 모든 기준과 정확히 반대되는 모습을 마주해야 했다.

손에 묻은 것들이 수돗물을 타고 천천히 쓸려 내려가고 있었다. 유희는 물을 좀 더 세게 틀어 얼굴을 씻었다. 눈가를 간질이던 머리카락을 물로 쓸어 올려

정돈하고 이마에 맺혀 있는 땀방울을 닦아냈다.

유희는 고개를 들어 물기를 머금은 얼굴을 다시 바라봤다. 방금 샤워라도 한 듯 목덜미에 물과 땀이 뒤섞여 있고 얼굴은 여전히 엉망이었다. 길게, 아주 길게 심호흡을 했다. 한 번, 두 번, 세 번, 네 번.

그러니까, 이제 끝이지? 완전히 끝난 거지? 곧 다섯 번째 숨을 내뱉으려는 순간 가슴속에서 무언가 울컥하고 올라왔다. 뜨거운 무언가가 위장에서부터 시작해 심장과 식도를 지나 밖으로 빠져나오는 느낌이 들었다.

유희는 그대로 털썩 주저앉아 울음을 터뜨렸다. 이안시를 떠나는 순간부터 아주 오랜 시간 참아온 눈물이 이제야 쏟아져 흘러내렸다. 다 끝났어. 이제 괜찮아. 유희는 누구도 말해주지 못할 몇 마디를 나지막이 뱉으며 목 놓아 울었다. 십수 년 전 담임 앞에서 보인 이후 계속해서 숨겨야 했던 모든 감정을 이제는 안전한 곳에 안착해 전부 풀어내는 심정으로 그렇게 울고 또 울었다.

○

"아, 로즈메리요."

도경은 아랫부분이 검게 탄 듯 변하기 시작한 자신의 로즈메리 화분을 떠올렸다. 어느 날 갑자기 까맣게 변해버린 로즈메리 줄기를 보고 적잖이 당황했지만 어떻게 할지 방법을 몰랐다.

"아마 죽은 것 같아요. 아랫부분이 까맣게 변했거든요. 썩은 것처럼."

"물을 너무 많이 주신 게 아닐까요. 오늘 가셔서 뿌리를 한번 확인해보세요."

"뿌리요?"

"과습이든 병충해든 뿌리만 살아 있으면 괜찮아요. 줄기가 살아 있다면 물꽂이를 해도 되는데……."

유희는 말을 마치며 테이블 앞에 놓인 작은 휴지 조각으로 시선을 옮겼다. 도경의 시선도 유희를 따라 움직였다. 도경은 별다른 말을 잇지 않고 한곳을 바라보는 유희의 옆모습을 살폈다. 벌컥벌컥 마신 음료의 단맛이 몸속으로 퍼지는 느낌에 퍼뜩 정신이 들어 왼

손에 들고 있던 수첩을 펼쳤다. 하지만 유희가 먼저 도경에게 질문을 건넸다.

"형사님은 그런 경험 없으세요? 누군가에게 쫓기는 경험이요."

갑작스러운 물음에 도경은 수첩을 도로 덮고 유희를 빤히 쳐다봤다. 도경의 표정을 읽은 유희가 곧 말을 이었다.

"어떤 사람 때문에 끊임없이 도망치고 또 계속해서 뒤를 돌아보게 되는 그런…… 기억이요."

도경은 의문을 잔뜩 담은 눈빛으로 유희를 바라봤다. 유희는 묘한 미소를 지으며 마주 바라보고 있었다. 뭘 알고 싶은지, 왜 이런 질문을 하는지 알 수 없었다.

"뭐 특수한 상황에서 쫓기긴 합니다만 주로 제가 쫓는 편이죠."

"그래서 계속해서 저를 쫓으시는 건가요? 제가 범인 같아 보여서?"

유희는 눈짓으로 도경이 든 수첩을 가리켰다. 유희를 따라 시선을 옮긴 도경은 헛기침을 몇 번 하고 수첩을 주머니에 찔러 넣었다.

이윽고 정적이 흘렀다. 도경은 테이블 앞에 몸을 기대고 서서 가게 안을 둘러보는 유희를 흘긋 바라봤다. 유희는 생각에 잠긴 듯했다. 정비가 한창이라는 마당의 이질적인 모습처럼 유희의 모습 또한 생소했다. 그사이 무슨 일이 있었나? 안색도 예전과 달라 보였다. 알 수 없는 기운이 흘러나오는 것 같았다. 땀범벅이어서 그런가? 아니면 예의 그 흐트러짐 없는 모습이 아니어서인가? 아무리 생각해도 답을 찾을 수 없었다.

상점에 이상한 점이 있나 다시 천천히 둘러봤지만 찾을 수 없었다. 바깥의 난장판과는 달리 깔끔하고 단정한 모습. 도경의 기억 속에 있는 모습 그대로였다. 이파리 하나 흙 한 줌 실수로 흘리거나 떨어진 곳 없이 말끔했다. 분명 바뀌었는데 정확히 무엇이 바뀌었는지 짐작이 가지 않았다.

도경은 상점을 훑던 시선을 다시 로즈메리 화분에 고정했다. 사무실에 둔 로즈메리와 다르게 잎이 통통하고 완연한 초록빛을 자랑하고 있었다. 매일 들여다보고 신경 썼던, 소위 '잘 아는' 식물이 여기 있어서 이상한 느낌이 드는 걸까. 도경은 뻑뻑한 눈을 두어 번 끔벅였다.

“뭐 오늘은 바쁘신 것 같으니 다음에 다시 찾아오겠습니다.”

불편한 침묵을 먼저 깬 건 도경이었다. 유희는 로즈메리를 쳐다보고 있는 도경을 바라봤다.

“그게 적잖이 신경 쓰이시나 봐요.”

그러자 도경이 퍼뜩 놀라 다급하게 시선을 거두며 말했다.

“아, 아뇨, 그런 건 아니고요. 어떻게 하면 이렇게 잘 자랄까 뭐 그런 생각을 했습니다.”

“정 그러시면 다음에 한번 가지고 오세요. 어차피 그게 아니더라도 형사님을 계속 마주칠 것 같아서요.”

유희는 실수를 한 듯 멍한 표정이 된 도경을 보며 답했다. 오늘은 정말로 좀 이상했다. 도경은 세진서에서도 전혀 기세에 눌리지 않던 최유희의 표정을 떠올렸다. 그때와 조금 비슷한 느낌일까. 저도 모르게 미간을 구기며 생각에 잠겨 있는데 유희가 말을 이었다.

“형사님은 잘 모르시겠지만 여자들은 그렇게 사는 게 익숙하거든요. 그러니까 거기서 벗어날 방법을 찾아야 하죠."

"네?"

고개를 갸웃하는 도경을 향해 유희는 대답 대신 웃음을 지어 보였다. 무슨 말을 하는 건지 물으려 도경이 입을 뗐지만 손에 든 핸드폰이 진동하는 바람에 벌린 입을 곧 다시 닫아야 했다. 도경은 의심이 가득 담긴 눈초리로 유희를 바라보며 전화를 받았다.

"네, 차도경입니다. 아 네, 잠시만요……."

도경은 핸드폰을 든 채로 유희에게 눈인사를 하고 문을 향해 걸어갔다. 유희도 눈인사로 답했다. 그리고 여전히 통화 중인 도경이 펜스 문을 열고 완전히 마당을 빠져나가자 철문을 굳게 잠갔다. 문이 잘 잠겼는지 다시 한번 확인한 유희는 마당 중앙으로 돌아와 널브러져 있는 삽을 들었다. 해가 지고 있으니 좀 더 서둘러 마무리해야 했다.

상점 골목 안쪽에 가로등이 하나둘 켜지기 시작했다. 유희는 머리 위로 희미한 빛을 반짝이는 가로등을 바라보며 시간을 가늠했다. 하지가 지난 지 오래지만 해는 소유권을 완강히 주장하듯 하늘에 높고 넓게 자리하다 사라지곤 했다. 완전히 어둠이 깔리기 전까지는 아직 시간이 있다. 유희의 손목은 리듬을 타듯 차분하지만 빠르게 움직였다. 상점 밖에서는 이제 아무런 소리도 들리지 않았다.

삐죽하게 고개를 내민 채 흙 언저리에 걸쳐 있던 것들은 모두 저 아래 깊은 곳으로 자취를 완전히 감췄다. 유희는 들고 있던 삽을 내려두고 호미를 집어 들었다. 1년에 몇 번 사용하지 않는 이 작은 호미는 오늘 일을, 그리고 그간의 일을 마무리하기 좋은 도구였다. 호미 끝에 붙은 갈퀴가 닿는 곳마다 흙이 고르게 정돈되었다.

곧 어스름한 저녁 기운이 상점을 뒤덮었다. 아무 일 없었다는 듯 정갈하고 곱게 다져진 흙 위에 유희의 그림자가 길게 늘어졌다. 아득하게 낮아지는 것 같은 착각을 불러일으키는 발밑을 바라보며 유희는 문득 현기증이 올라와 조금 비틀거렸다.

낮 동안 불던 바람은 온데간데없이 사라지고 후텁지근한 습기가 곳곳에 내려앉았다. 곧 소나기라도 쏟아지려나. 유희는 혼잣말을 중얼거리며 호미를 멀리 던져두고 마당 한가운데에 털썩 주저앉았다. 엉덩이부터 시작해 종아리까지 이어지는 흙의 축축한 기운이 나쁘지 않았다. 유희는 있는 힘껏 깊게 숨을 들이쉬고 내쉬었다. 익숙한 흙 내음 사이를 시종일관 파고들던 기분 나쁜 냄새는 어느새 완전히 사라졌다.

아직 다져지지 않은 흙 속으로 몇 번이고 손이 빠졌지만 괜찮았다. 흙은 털어버리면 그만이고, 이미 형체를 알아볼 수 없는 조각들은 가능한 한 깊게 파묻었으니 아무리 손을 뻗어도 닿지 않는다. 아마 얼마 지나지 않아 바로 이 아래에 묻힌 그 이름을 잊게 될 것이다.

순간 가벼운 돌풍이 유희의 머리카락을 간질였고, 곧 투둑거리는 소리와 함께 소나기가 쏟아졌다. 유희는 빗줄기가 끌고 내려온 상쾌하고 서늘한 공기를 느끼며 불 꺼진 상점을 오랫동안 바라봤다.

작가의 말

《식물, 상점》은 단편 분량의 짧은 소설로 시작했다. 소설을 작업하는 동안 이 이야기의 시발점을 계속해서 떠올렸다. 원래 단편이었던 초고는 습작 시절에 쓴, 말하자면 인생에서 처음으로 작업한 소설이었다. 그때 참여하던 합평 수업에서 이 소설에 대한 이야기를 주고받을 때 누군가 돌연 이렇게 말했다. "남성이 너무 이유 없이 죽는 거 아닌가요?" 그 질문을 던진 사람은 남성이었고, 그 자리에 앉아 있는 절대다수는 여성이었다. 그가 던진 말 한마디로 촉발된 많은 담론이 소설과 상관없이 오갔다. 얼마간 설전이 이어졌지만 그 내용은 잘 기억나지 않는다. 나는 그 질문을 받고 지금까지 살아오면서 읽었던 모든 주류의 이야기 속에서 영문도 모른 채 무수히 죽고 사라져간 여성들을 떠올리려 애를 썼다. 하지만 실패했다. 당연한 일이다. 그들에겐 이름이 없었으니까. 그냥 그들이 '죽는다'라는 행위 자체만이 강조되어왔기 때문이다.

그렇다면 판을 조금 바꿔보고 싶었다. 여자들의 이름이 기억되고 여자들이 다치거나 죽지 않는 세상을 만들어보고 싶었다. 모든 여자가 자신의 고유한 이름을 가지고, 그 이름의 뜻을 곱씹으며 종국에는 완전히 행복하지 않더라도 이전보다 나은 삶을 얻기를 말이다.

왜냐하면 (너무나 당연하게도) 소설 밖 현실은 그렇지 않기 때문이다. 수많은 좌절과 절망을 넘어 조금은 나아진 세상과 사회가 왔다면 아마 《식물, 상점》은 다른 방향으로 우회하는 이야기가 되었을지도 모른다. 하지만 결국 이 소설은 그런 방식으로 쓰이지 않았다. 그러니까 다시 말하자면 꽤 많은 시간이 흘렀음에도 불구하고 달라진 건 그리 많지 않다는 말이다.

소설을 작업하는 동안 또다시 믿을 수 없는 여러 사건을 접하고, 그 틈새에서 사라지는 여성들의 이야기를 보며 매 순간 좌절했고 공포를 느꼈다. 어쩌면 그래서 이 이야기의 주인공이자, 모든 사건의 해결점을 쥐고 있는 '유희'가 그것을 제거해주기를 바랐을지도 모른다.

나에게도 유희와 같은 존재가 필요했던 순간이 있었다. 그와 동시에 유희처럼 혼자 모든 걸 감당하고 해소하기 위해 노력하는 사람이 없었으면 하는 양가감정이 들었다. 혼자서 모든 것을 견뎌야만 하는 사람은 없다. 누군가는 반드시 당신을 그리고 우리를 도와줄 테고, 그런 사람들에게 기대어 살아갈 수 있다면, 단 한 명의 손이라도 아주 굳건하게 잡을 수만 있다면, 앞으로 감내해야 할 세상은 조금은 덜 아프고 덜 힘들지 않을까 하는 생각을 자주 한다.

《식물, 상점》은 명백히 픽션이다. 하지만 그러면 또 어떤가.

여전히 이 이야기에 던져진 최초의 질문, 그 질문에 대한 답을 계속해서 머릿속에서 굴린다.

식물, 상점

초판 1쇄 발행 2024년 6월 20일
초판 2쇄 발행 2024년 9월 20일

지은이 강민영
펴낸이 이상훈
문학팀 최해경 박선우
마케팅 김한성 조재성 박신영 김효진 김애린 오민정

펴낸곳 (주)한겨레엔 www.hanibook.co.kr
등록 2006년 1월 4일 제313-2006-00003호
주소 서울시 마포구 창전로 70 (신수동) 화수목빌딩 5층
전화 02-6383-1602~3 **팩스** 02-6383-1610
대표메일 munhak@hanien.co.kr

ISBN 979-11-7213-065-7 (04810)
ISBN 979-11-7213-062-6 (세트)

- 값은 뒤표지에 있습니다.
- 파본은 구입하신 서점에서 바꾸어 드립니다.